오늘도　　일용할　　고단함

오늘도 일용할 고단함

1판 1쇄 인쇄 2019년 3월 22일 **1판 1쇄 발행** 2019년 3월 25일

지은이 전희주
발행처 도서출판 혜화동 **발행인** 이상호
편집 권은경
디자인 즐거운생활
주소 경기도 고양시 일산동구 위시티4로 45, 405-102(10881)
등록 2017년 8월 16일(제2017-000158호)
전화 070-8728-7484 **팩스** 031-624-5386 **전자우편** hyehwadong79@naver.com
ISBN 979-11-962056-9-0 03800

이 도서의 국립중앙도서관 출판예정도서목록(CIP)은 서지정보유통지원시스템 홈페이지(http://seoji.nl.go.kr)와
국가자료종합목록시스템(http://www.nl.go.kr/kolisnet)에서 이용하실 수 있습니다. (CIP제어번호 : CIP2019008360)

· 잘못된 책은 바꾸어 드립니다.
· 책값은 뒤표지에 있습니다.

오늘도 일용할 고단함

전희주

혜화동

목차

○

느낌만큼 보았다

○

'비 오는 날 차 안에서
음악을 들으면
누군가 내 삶을
대신 살고 있다는 느낌'

이성복 시인의 시 〈음악〉의 첫 부분이다. 스스로 설명할 수 없는 내
마음을 음악이 대신 읽어 주고 해상도를 높여 주는 경험. 누구나 한 번
쯤 느껴 봤을 거다. 그런데 그 기분마저 시인이 다시 짚어 주고 있으
니. 나는 언제쯤 내 신경계와 감각기관으로 스스로 살아 낼까. 심지어
이젠 그림한테도 대신 살아 달라고 치대는 중이다.

루브르 박물관에 처음 갔을 때의 일이다. 책에서나 보던 작품들을

만날 생각에 나도 모르게 살짝 들떴었는데, 몇 시간 돌아다니다 보니 속이 울렁대고 머리가 어지러웠다. 멀미였다. 그때 처음 느꼈다. 그림이나 조각들이 꽤나 수다스럽다는 사실을. 인물화의 주인공들은 은밀하게 쑥덕댔고, 풍경화에선 바람 소리 파도 소리가 쏟아졌으며, 역사화에선 군중의 아우성이, 종교화에선 오르간 소리가 들려왔다. 처음엔 하나하나 신기했지만 다리가 뻐근해지고 허리가 쑤셔 오기 시작하자 미술관을 꽉 채운 소음은 멀미를 일으키고 만 것이다. 아마 그때부터였던 거 같다. 내게 말을 걸어 주고 얘기가 통하는 작품을 찾아서 주말마다 여행지마다 미술관을 쫓아다니기 시작한 거 말이다. 비록 멀미로 끝났지만, 첫 경험은 원래 아픈 법이니까.

흔히 아는 만큼 보인다고 한다. 물론 고개를 크게 끄덕일 만한 말이다. 하지만 이렇게 되물으면 어떨까. 아는 만큼 보인다면, 모르면 안 보이는 건가? 모르고 본 건, 잘못 본 건가? 이 말에는 동의가 되지 않는다. 아는 만큼 보이기도 하지만, 느낀 만큼 보이기도 한다. 아무것도 모르는데 어떻게 느끼지. 의외로 쉬운 방법이 있다. 미술관에 갔을 때 작품 앞에서 좀 더 시간을 보내기. 많은 이가 너무 빨리 획획 지나친다. 친구가 되려면 기색도 살피고 악수도 나누고 이말 저말 걸어 보기도 해야 하는 법인데, 낯서니까 획 돌아서다 보면, 사귈 기회를 영영 잃어버리게 된다. 이 그림이 무슨 뜻이냐는 질문은 잠시 접어 두고, 색깔이나 형태, 붓질이나 움직임에 집중해 보자. 그림들과 좀 더 천천히 놀다 보면 어느새 그들의 말을 들을 수 있게 된다. 내가 그랬다. 아는 거 없이 그냥, 그들과 놀았다.

내가 그림과 노는 방법은 이야기이다. 내 멋대로 그림 속 이야기를 상상하는 거다. 어떨 땐 그림 속에 있는 사람들끼리 관계도를 맺어 보기도 하고, 그림 속의 바람이나 햇살도 떠올려 본다. 물론 모든 그림이나 조각이 다 내게 말을 걸어 주진 않는다. 많은 이가 칭송하는 위대한 작품도 내 앞에서는 입을 꾹 다물어서 데면데면할 때도 있고, 별 관심도 못 받는 작품이 나를 잡아당길 때도 있다. 여기에 실린 열일곱 편의 글은, 나를 잡아채 준 그림과 내가 함께 만들어 낸 이야기다. 그림에서 받은 느낌을 살려서 쓴 소설인 것이다. 화가의 의도를 담은 이야기나 나의 개인사를 담은 에세이는 아니라는 점.

얘기를 모아 놓고 보니, 은근 겁도 난다. 계통이나 계보 없이 마구잡이로 그림을 즐겨 왔던 터라, 원래의 의도와는 너무 다른 얘기를 담은 건 아닌지. 하지만 한편으론 나의 '무학' 덕에 자유로웠다는 고백도 하지 않을 수 없다. 모른다는 핑계로 맘 편하게 상상했으니까. 당신도 이 책의 그림을 보고 나면 또 다른 소설집을 쓸 수 있을지도 모른다. 같은 그림 다른 상상.

이왕 펼쳐 들었으니 이 책을 맘껏 즐기고 싶은 분들을 위한 매뉴얼.
1. 한 편의 이야기가 시작될 때, 글을 읽기에 앞서 그림부터 들여다 보기
2. 그림을 좀 더 찬찬히 보기
3. 이야기 읽기
4. 다시 그림으로 되돌아가서 한 번 더 보기

매뉴얼을 따르다 보면, 당신의 삶을 대신 설명해 주고 위안을 건네는 그림을 발견할 수 있을지도 모른다. 성대한 위로도 받지 못한 채 하루하루 살아가는 당신을 누군가 알아준다는 느낌. 언제 생겼는지도 모르는 일상의 자잘한 생채기에 연고와 반창고를 붙여 주는 느낌. 부디 당신도 그랬으면 좋겠다.

휘청대는 나를 일으켜 준 남편과 딸에게 고마움을 전하며.

2019년 봄, 전희주

가난한 나라의
앨리스

소녀가 시선을 떨어뜨리자 자줏빛 벨벳 원피스가 눈에 들어왔다. 따뜻한 봄 햇살은 벨벳 옷감의 부드러움 속으로 쉼 없이 빨려 들고 있었다.

"첫날이니까 이쁘게 입어야지."

그날 아침 엄마는 옷을 골라 와서 소녀에게 말했다.

만세 자세로 원피스를 입혀 주고 지퍼를 올린 후 옷매무새를 다듬어 주면서도 엄마는 힘없는 한숨을 내쉬었다. 옷을 입혀 주고 머리를 빗겨 주다가 혼잣말인 듯 중얼댔다.

"우리 딸 참 이쁘네."

거울을 보니 소녀는 기분이 좋아졌다. 그 옷은 영화 속 〈소공녀〉가 입었을 법한 분위기의 옷이었다.

가슴을 가로지르는 얇은 리본은 옷감과 같은 색깔의 비단 천이었

오귀스트 로댕, 〈꽃 장식 모자를 쓴 소녀〉, 1865, 테라코타, 69×34×29 cm

고, 불룩한 소매 끝에 붙은 작은 단추 역시 똑같은 비단 천으로 감싼 고급 옷이었다. 친척 결혼식이나 가족 나들이에 그 옷을 입으면 이쁘다는 찬사를 받곤 했었다.

전학 온 첫날 등굣길에 이보다 만족스러운 옷은 없을 것이다.

엄마도 같은 생각으로 옷을 골랐겠지?

집을 나서는 소녀를 쫓아 나온 엄마는 마지막 순간까지 원피스에 붙은 머리카락과 티끌들을 정성스레 매만져 주었다.

"졸리면 자. 엄마한테 기대. 도착하면 깨워 줄게."

새집으로 이사 오던 날, 엄마는 차멀미에 시달리던 소녀의 등을 쓸어내리며 말했다.

소녀의 집에는 살림이 많았지만 챙겨 온 짐은 단출하기만 했다.

그날은 아침부터 엄마 아빠의 표정이 좋지 않았다.

아니 정확하게는 그 무렵, 두 사람은 표정이 좋은 적이 없었다.

아빠는 항상 화가 나서 입을 꼭 다물고 있었고, 엄마는 늘 지쳐 보였다.

그러던 어느 날 구둣발로 집 안에 들어온 아저씨는 집에 있던 물건에 빨간딱지를 붙이고 나갔고, 또 어느 날엔 번쩍이는 목걸이에 반지를 낀 할머니들이 와서 엄마에게 욕을 퍼붓고 갔다. 엄마는 뭘 잘못했는지 몰라도 악을 쓰는 할머니들 앞에서 고개를 조아리기만 했다.

그런 일이 몇 번 있고 나서 소녀의 가족들은 결국 이삿짐을 쌌고, 예전에 살던 집과 비교할 수 없이 작고 초라한 집의 생활을 시작한 것이다.

엄마는 이삿짐을 풀다 말고 툭하면 눈물을 찍어 내거나 한숨을 내쉬었지만 소녀는 별다른 감흥이 없었다. 좀 더 정확하게 말하면 잔잔한 흥분마저 일었다.

널찍한 거실과 창문 그리고 숨바꼭질을 할 수 있는 마당이 있는 집을 떠나 달랑 방 두 개와 손바닥만 한 부엌이 있는 집으로 이사 왔지만, 소녀에게 그것은 동화 속 주인공이 겪는 여정 같았다.

〈신드바드의 모험〉이나 〈이상한 나라의 앨리스〉가 겪었던 희한한 풍경과 상황이 소녀에게 펼쳐진 느낌이랄까.

짜릿하거나 흥분되지는 않아도, 다음은 또 어떤 일이 펼쳐질지 은근히 기대됐던 것이다.

이삿짐을 정리하던 엄마는 좋은 그릇을 꺼내 놓을 때마다, 좋은 옷을 풀어놓을 때마다 어디에 넣어야 할지 어디에 걸어야 할지 모르겠다는 듯이 여기저기 둘러보곤 했다. 어느 곳에 놓아 봐도 마음에 차지 않아서 그런지, 별로 많지도 않은 짐을 정리하는 손길은 느릿느릿 움직였다.

하지만 소녀에겐 그런 일이 와닿지 않았다. 옷장은 없어졌지만 좋아하던 옷은 싸 왔으니 그걸로 괜찮았다.

엄마 아빠가 짐을 정리하는 동안 밖에 나가 보니 동네가 한눈에 들어왔다.

높은 곳에 자리 잡은 낡은 아파트라 저 멀리 사람들과 자동차들이 꼬물꼬물 움직이는 게 다 보였다. 세상이 이렇게 작게도 보이다니. 재밌었다.

그런데 교실에 들어간 순간, 작은 흥분과 기대로 가득 찬 모험의 세계는 비닐봉지처럼 볼품없이 구겨져 버리고 말았다.

　교실에 도착하기도 전에 소녀를 마중 나온 건 아이들이 왁자지껄
떠드는 소음이었다. 땀 냄새와 흙냄새가 뒤엉킨 멀미 나는 공기.
　교실에선 새카만 아이들이 까치처럼 깍깍대고 있었다.
　손톱 밑이 새까맣고 코밑이 지저분한 아이들은 떠들다 말고 소녀를
멀뚱하게 바라보았다.
　'쟨 뭐야?… 콧물이네… 드러워.'
　소녀는 울고 싶은 기분이 들었다. 원피스에 들러붙는 아이들의 힐
끔대는 시선이 더럭 겁나기도 했다.
　그전에 다니던 사립학교는 모두 다 같이 짙은 감색 교복을 깔끔하
게 입었는데, 새로 온 학교 아이들의 옷 색깔은 모두 제각각인데다가
죄다 칙칙했다.
　벌겋게 튼 얼굴에 새카만 작은 손이라니.
　"자, 그럼 어디 앉으면 좋을까? 어디 보자~"
　소녀의 어깨를 감싸고 앉을 자리를 찾는 담임선생님을 올려다보고
있으니, 선생님의 몸에서 옅은 반찬 냄새가 풍겨 왔다.
　집에서 일하던 아줌마한테서 나던 바로 그 냄새.
　아줌마는 반찬 솜씨가 좋지는 않았지만 일할 때는 거침이 없었다.
　반찬 한 가지를 해도 푸짐하게 해서 밥상의 반찬 그릇은 늘 수북
했다.
　엄마는 그런 아줌마한테 싫은 내색을 보이곤 했지만, 아줌마는 살림
은 이렇게 해야 오래오래 부자로 살 수 있다면서 큰 소리로 웃곤 했다.

담임선생님도 집에서 쉼 없이 반찬을 만들어 내는 걸까. 푸짐하게 해 먹으면 부자로 산다는 아줌마 말은 틀렸다는 걸 알겠는데, 선생님 집은 어떨까. 우리 집처럼 망하진 않았을까.

"그래, 여기 앉자. 앞에서 둘째 줄이면 칠판도 잘 보이고 좋지?"

등교하기 전날 엄마랑 같이 교무실에 전학 절차를 밟으러 왔을 때, 학년주임인 담임선생님은 소녀를 냉큼 자기 반으로 배치했다.

"애가 이쁘고 얌전해서 마음에 드네요."라는 말과 함께.

소녀는 그 말을 듣고, 자신은 늘 사랑받는 아이라는 생각이 들어 속으로 살짝 우쭐한 기분까지 들었지만, 그 마음 역시 지금은 다 부스러져 버렸다.

이렇게 더러운 교실에서 관심이나 사랑이 무슨 상관이란 말인가.

다행히 아이들은 쉽사리 말을 걸지 않았다.

유일하게 소녀와 눈을 마주친 아이는 소녀의 뒷자리에 앉은 남자아이였다.

자리에 앉으려고 다가갔을 때 남자아이는 자기 책상을 자신의 배쪽으로 당겨 편하게 길을 넓혀 줬다. 소녀가 힐끔 쳐다보니 남자아이가 씩 웃었는데, 웃는 입술 주변에는 허연 각질이 일어나 있었다.

그 밖의 다른 아이들은 그저 슬쩍슬쩍 훔쳐보거나 콧물을 훌쩍이며 다가왔다가 이내 가 버리곤 할 뿐, 이름을 묻거나 어디 사냐는 말을 건네지도 않았다.

그렇게 1교시, 2교시, 3교시.

소녀는 엉덩이가 쑤셔 올 때까지 자리에서 꼼짝하지 않았고 어느덧 마지막 수업 시간에 이르렀다.

"자 그럼 다 같이 한번 불러 볼까."

음악 시간.

담임선생님은 교과서에 실린 노래를 몇 번 불러 주고는 따라 부르게 했다.

아이들은 음정도 틀리고 박자도 어긋났지만 선생님의 손짓에 맞춰 열심히 입을 벙긋거렸다.

소녀 역시 아주 작은 소리로 노래를 따라 불렀는데, 어느 순간 갑자기 아랫도리가 뻐근해지는 느낌이 들었다.

'오줌 마려. 어떡하지?'

쉬는 시간에도 꼼짝 않고 자리에 있었던 게 잘못이었나 보다.

나무 의자가 뜨끈뜨끈해질 정도로 자리를 지키면서 한 번쯤은 화장실에 가야 했었지만 관두고 말았다. 냄새나고 더러울 게 뻔했으니까.

조금 있으면 집에 가니까 괜찮을 거라고 버텼는데 마지막 수업 시간이 채 끝나기도 전에 소식이 오고 만 것이다.

'괜찮을 거야. 이제 끝인데 뭐.'

소녀는 두 다리를 모아 무릎을 꼭 붙였다.

하지만 노래 2절이 끝나 갈 무렵엔 가지런히 모은 두 다리를 가만히 둘 수가 없어서, 다른 애들이 듣지 못하게 콩콩 발을 굴러 댔다.

야속하게도 사타구니는 점점 더 찌릿찌릿해졌고, 머리카락은 한 가닥 한 가닥 곤두섰다.

"자~ 그럼 이번엔 돌림노래로 해 볼까? 다들 입을 크게 크게 벌리면서!"

선생님과 아이들의 노랫소리는 점점 커져 갔지만 소녀는 입만 뻥긋 댈 뿐 소리가 나오지 않았다. 목소리를 크게 냈다가는 소변이 터져 나올 것 같았기 때문이다.

주변을 둘러보니, 소녀의 다급한 사정을 알 리 없는 아이들은 정신 없이 노래에 빠져 있는데, 소녀의 눈에는 그런 아이들이 멍청해 보이기만 했다.

'바보들! 음도 다 틀리면서 지들이 맞게 부르는 줄 아나 봐!'

그런 생각이 들자, 손을 들고 화장실 가고 싶다는 말을 하기가 더욱 싫어졌다. 그랬다간 아이들 모두가 자신이 오줌 마렵다는 걸 알아버릴 텐데.

생각이 그렇게 치달을수록 몸은 조금씩 더 격렬해졌다.

등에서는 차가운 땀이 흘렀고 뱃속은 전기 칫솔이 들어 있는 것처럼 부르르 떨려 왔다.

소녀는 혹시라도 자기도 모르게 손을 들게 될까 봐 원피스 자락을 꼬옥 쥐었고, 꼰 다리에는 더욱 힘을 주었다.

'그래, 나도 노래를 부르자. 노래를 부르면 잊어버릴 수 있을 거야.'

소녀는 어떡하든 노래에 집중해 보려고 발버둥치기 시작했지만 그 럴수록 입은 바짝바짝 말라서 목소리는 목구멍 속으로만 기어들기만 했다.

머리가 띵해질 정도로 다급해지자 급기야 아이들이 부러워지기 시작했다.

'쟤네는 좋겠다! 오줌도 안 마렵고, 노래도 부를 수 있잖아! 좋겠다!

정말 좋겠어!'

느닷없이 덮쳐 온 부러운 마음 때문일까. 힘겹게 붙들고 있던 집중력이 삐끗댔다.

눈물이 왈칵 솟구치며 눈가가 뜨거워지는 걸 느낀 순간-

뜨거워진 건 눈가만이 아니었다.

꼭꼭 막아 뒀던 오줌이 걷잡을 수 없이 흘러넘치고 만 것이다.

귀에서는 삐- 소리가 났고, 뒤에 앉은 남자아이가 어떤 반응을 보일지 너무 겁이 나서 숨도 제대로 쉴 수 없었다.

조심조심 뒤를 돌아보니 남자아이는 미간을 찡그리고, 엷게 김을 내며 자기 쪽으로 흘러내려 오는 액체를 바라보고 있다.

법석을 떨어 대면 어쩌지… 초조해하는데 남자아이는 입을 꾹 다문채로 잠시 있더니, 조용히 손을 들며 입을 열었다.

"선생님, 여기요… 저기….”

뒤에 앉은 남자아이는 비교적 침착한 목소리로 말했지만, 때마침 노래를 그친 교실의 눈은 온통 그 아이에게 쏠렸고, 선생님은 대수롭지 않은 듯이 다가왔다.

"어머!"

액체의 정체를 눈치챈 선생님은 당황한 표정으로 소녀를 내려다보았다.

소녀는 꼼짝도 하지 않았다.

오늘 내내 자리를 지키던 그 모습 그대로 똑바로 앞을 보고 있었지만, 눈동자에는 잡히는 게 아무것도 없는 듯하다.

싸늘하게 굳어 버린 소녀 때문에 당황한 건 오히려 선생님과 아이들이었다.

말 한마디 안 하고 새침하게 앉아 있던 아이가 어린애처럼 앉은자리에서 오줌을 싸다니.

걸레를 가져와라~ 제자리에 앉아라~

우왕좌왕하는 사이, 소녀는 조용히 일어나 교실 뒷문을 열고 나갔다.

자줏빛 벨벳 원피스 뒷자락에서는 오줌이 뚝뚝 떨어지고 있었고, 소녀는 하얗게 빛나는 얼굴을 빳빳하게 든 채 미끄러지듯이 걸어 나갔다.

복도에 나가니 동네 골목이 보였다.

이사 온 집에서 보던 동네만큼 작아 보이지 않는데도, 왠지 더 아득하고 멀게 느껴진다.

집에 가고 싶다.

엄마한테는 뭐라고 말하지.

로댕 〈꽃 장식 모자를 쓴 소녀〉

베토벤의 〈합창 교향곡〉과 〈엘리제를 위하여〉 사이.

문득 생각하면, 그 드넓은 간극을 너끈히 넘나드는 거장의 솜씨가 놀랍지 않은지.

로댕의 〈칼레의 시민〉과 〈꽃 장식 모자를 쓴 소녀〉를 나란히 떠올려 보면 감탄이 배가 된다. 그렇게 남성적이고 강렬한 손길을 가진 작가가 이렇게 섬세하고 사랑스러운 피조물을 빚어내다니.

오뚝하게 솟은 코끝과 입술을 바라보고 있으면 소녀와 사랑에 빠지지 않을 수 없다.

어여쁜 얼굴을 맘껏 바라볼 수 있다는 점을 생각하면, 소녀가 실제로 살아 있는 게 아니라 흙으로 빚은 테라코타라는 게 다행으로 생각될 지경이다.

소녀는 아무 걱정 없는 천진한 표정이 아니라는 점이 더욱 매력적이다.

어리지만 영민하고, 여리지만 기품이 넘친다.

파리에 있는 〈로댕 갤러리〉에 가면 아름다운 정원과 건축물 곳곳에서 수많은 로댕 작품을 볼 수 있는데, 갤러리가 소장한 로댕의 작품은 6천 점이 넘는다.

그 가운데 작은 유리 상자 안에 있는 이 작품은 로댕 특유의 야심

과 끓어오르는 생명력은 느껴지지 않지만, 웅장하고 거대한 작품
들 사이에서 독특한 매력으로 관람객의 발길을 사로잡는다.

그 앞에서 발길을 멈추고 조금만 기다려 준다면 혹 모른다.
봉선화물 들인 손톱이 부러질 때처럼 안쓰러운 얘기.
혹은 이불을 뒤집어쓴 채 입을 막으며 울었던 어린 시절 어떤 밤
의 얘기를 듣게 될지도.

꽃병 모험기

"날이 다시 더워졌으면 좋겠어요."

"네?"

"시원하면 꽃이 오래가거든요. 날이 푹푹 찌면 꽃들도 금방 시들고, 그러면 꽃 사러 오는 분도 더 많을 거 아녜요~"

트럭에서 꽃을 파는 사내는 꽃다발을 신문지에 둘둘 싸며 말했다.

"아~ 네…."

포장지 대신 신문지를 고른 건 여자였다. 어차피 집에 가서 꽃을 텐데 비닐이랑 리본이 줄줄이 달려 있어 봤자 성가실 뿐이니까. 포장지 값을 아껴 줬으니 꽃을 몇 송이라도 더 주지 않을까 했지만, 아니었다.

꽃다발을 받아 들고 돌아서며 여자는 생각했다.

날이 더워서 꽃이 금방 시들면 사람들이 꽃을 더 살까?

왠지 아닐 거 같았다. 날씨 따라 계절 따라 꽃을 철철이 사는 이가

24

장 프랑수아 밀레, 〈마거리트 화병〉, 1871~1874, 종이에 파스텔, 68×83 cm

과연 얼마나 될까.

꽃다발을 들고 퇴근길 버스를 타는 건 피곤한 일이었다. 꽃을 드느라 흔들리는 버스 안에서 균형을 잡기 힘들었기 때문이다. 그래도 휘발유 냄새와 사람들의 체취가 뒤범벅된 버스 안에서 품 안의 꽃을 보니 기분이 좋아진다. 꽃들이 재잘대는 화사한 수다가 들릴 것 같다.

"어떤 사람이 되고 싶으세요? 학교 졸업하고 나선 그런 생각해 본 적 없죠?"

며칠 전이었다.

설거지를 하며 옆에 틀어 놓은 그렇고 그런 TV 프로그램에서 들려온 말이, 뚝배기에 말라붙은 고춧가루처럼 맘에 걸렸다.

'그런 생각해 본 적 없죠?'

당연히, 없다.

결혼하기 전에는 가끔 있었던 것도 같은데, 결혼해서 아기를 낳고난 다음에는 틀림없이 없다. 어떤 사람이냐 보다는 아이를 제시간에 어린이집에서 데려오는 엄마인 게 중요했고, 자꾸만 늘어지는 몸을 달래 가며 제때 치우고 먹이고 입히는 게 훨씬 급했다.

"뭐? 나한테 뭔 말했어?"

설거지를 마친 여자가 행주를 팡팡 소리 나게 털어 빨래 건조대에 널면서, 남편에게 어떤 사람이 되고 싶으냐고 물었더니 돌아온 말이었다. 스마트폰으로 보는 야구 하이라이트에 빠진 남편은 화면에서 눈도 떼지 않은 채 건성으로 대답한 거다.

"아 놔 거기서 왜 그걸… 아 미치겠네~~"

"당신, 내 말 듣기는 했어?"

"응? 뭐라고 했는데?"

"… 내일 저녁 당번 당신인 거… 꼭 지키라구."

"걱정 마셔. 알고 있으니까."

그래. 알고 있겠지. 알고 있으니까 또 치킨이나 피자로 때우려고 하겠지. 그런 걸 먹으면 아이의 아토피 증세가 심해질 게 뻔한데도 남편은 아이의 환호를 방패 삼아 치킨이나 피자 상자를 들이밀 것이다.

하지만 여자도 안다. 남편의 고단함과 여자의 임계점을.

맞벌이를 하느라 지치기는 둘 다 마찬가지인데 남편 하는 게 마뜩지 않다고 여자가 다 떠맡고 나섰다간 그녀가 먼저 뻗고 말 것이다. 남편의 인스턴트 저녁 식사에 아이가 몸을 긁어 대는 걸 뻔히 알면서도 가끔은 못 본 척 못 들은 척 외면하고 싶을 때가 있는 것이다.

행주를 빨아 널고는, 눈이 뻑뻑하고 어깨가 무거워지는 기분에 시선을 아파트 저 아래쪽 길로 돌리니 어떤 남자가 커다란 장미 다발을 들고 가는 게 보인다.

신혼부부이거나 여자 친구를 위한 거겠지.

저런 꽃다발을 받아 본 게 언제인가 하다가 문득 뭔가 떠올랐다.

어떤 사람이 되고 싶냐 하면, 집에 늘 꽃을 꽂는 사람이 되고 싶다.

꽃을 산다는 건 고등어자반을 사는 것과는 다른 일이다.

꽃을 즐길 줄 아는 취향이 시들지 않았다는 거고, 적어도 꽃값 정도의 여윳돈은 있어야 한다는 뜻이니까.

다시 생각해도 괜찮다.

있어 보인다.

꽃 꽂아 둘 줄 아는 여자.

일주일에 한 번은 꽃을 사겠다는 소망은 출발부터 삐끗댔다.
동네에 꽃집이 없는 거다.

커피숍은 그렇게 많고, 베이커리나 편의점은 한 블록마다 콕콕 박혀 있는데, 꽃집은 눈에 들어오질 않는다. 어쩌다 푸릇푸릇한 화분이 눈에 띄어서 가 보니 꽃은 없고 화분뿐이다.

"에휴 아줌마~ 화분이 낫지. 꽃은 금방 시들잖아. 두고두고 보기엔 화분이 백배 나아~"

꽃집 아니 화분 집 아줌마는 알은체를 했지만 여자는 그럴수록 맹렬하게 꽃이 끌렸다. 금방 시들어 버릴 아름다움을 사랑하는 게 훨씬 멋있지 않나.

동네를 기웃대며 꽃집 찾기를 며칠.

우리나라 사람들은 왜 꽃도 안 찾고 팍팍하게 사냐고 투덜대기 시작할 무렵, 꽃 파는 트럭을 발견했다. 여자의 회사 근처 전철역 앞에 세워 둔 작은 트럭에 장미, 카네이션, 해바라기, 데이지 등등이 퍼런색 플라스틱 통에 담겨 있었다. 여자의 집에서 다용도실 쓰레기통으로 쓰고 있는 바로 그 통에 말이다. 통이야 어떻건 여자는 꽃들이 반가워 쪼르르 달려갔다. 여러 가지 꽃 중에서 고심 고심하다가 유난히 싱싱한 마거리트를 한 다발 사서 집에 돌아올 때까지는 좋았는데, 문제는 그다음이었다.

버스에서 시달린 꽃은 물을 달라고 아우성인데, 적당한 꽃병이 없는 것이다.

"어휴~ 꽃꽂이 한번 못하고 산 티가 너무 난다."

한심했다.

부엌이며 다용도실을 아무리 뒤져 봐도 화사한 꽃을 담을 만한 제대로 된 꽃병 하나가 없으니 말이다. 1.5리터 생수 통을 잘라서 쓸까 잠시 생각했지만 관뒀다.

홀아비 자취생도 아니고 자른 생수 통이라니.

맥이 풀리고 짜증이 슬슬 올라올 때쯤, 반짝 떠오른 물건이 있었다.

어디선가 돼지감자를 잔뜩 얻은 시어머니가 만들어 준 돼지감자 장아찌 유리병. 장아찌를 다 먹은 다음, 깨끗이 씻어서 찬장 한구석에 넣어 둔 기억이 났다.

"여기 있네~ 아주 딱이다."

꺼내 놓고 보니 더 맘에 들었다. 적당한 높이와 넓이. 더군다나 싱싱한 줄기가 그대로 비쳐서 풍성한 꽃다발을 꽂기에 더할 나위 없어 보인다. 신문지에 꽃을 펼쳐 놓고 병에 맞는 길이로 줄기를 잘라 꽂고 나서 물을 채우니 마음이 뿌듯했다.

TV 장식장에 둘까? 책장에 얹어 놓을까? 식탁에 둘까? 아니지 볕이 잘 드는 곳에 놔둬야 꽃이 더 오래가지 않을까?

꽃병을 들고 이리저리 오가며 궁리를 하다가 절충안을 떠올렸다.

아침에 출근할 때는 창가에 두고 나가고 저녁에 오면 식탁에 올려두자. 꽃 파는 아저씨가, 매일매일 물을 갈아 주면서 락스 좀 넣고 줄기 끝을 잘라 주면 일주일도 갈 수 있다고 했으니 그 정도 수고는 감당할 만하다. 마음을 정하고 식탁 한가운데 올려놓으니 갑자기 부자가 된 기분이었다.

저녁 밥상은 어제 먹다 남긴 김치찌개랑 몇 가지 밑반찬이 전부지만 꽃이 있으니, 구질구질한 기분이 싹 날아갔다.

"와 이쁘다!"

집에 올 때부터 엄마 손에 들려진 꽃다발을 궁금해 하던 아이가 꽃병을 보고 반긴다.

"이쁘지?"

"응! 이뻐!"

"이제 엄마… 맨날 맨날 꽃 사다가 꽂아 둘 거야. 좋지?"

"내 방에도 꽂아 주면 안 돼?"

"아, 그래! 니 방에도 꽂아 줄게. 잠깐만."

여자는 얼른 찬장을 뒤져 작은 유리병 하나를 찾아냈다. 꽃다발에서 두어 송이를 빼서 줄기를 짧게 자른 다음에 병에 꽂으니 앙증맞은 꽃병이 됐다.

그래, 얘는 지금부터 꽃 좋아하는 습관을 들이는 거야. 지금부터 버릇을 들여 놓으면 이다음에 커서도 꽃을 사 줄 줄 아는 남자, 그 정도 여유는 되는 남자가 좋아질 테고, 굳이 내가 잔소리하지 않아도 자연스럽게 남자 고르는 안목이 생기겠지.

작은 병 속의 꽃송이는 램프의 요정처럼 근사한 이야기를 속삭여 줬다.

저녁을 준비하는 여자의 몸놀림은 다른 날보다 한결 가벼웠다.

다른 때에는 설거지를 늘리는 게 귀찮아서 반찬 통 뚜껑만 열어 놓고 밥상을 차렸지만 오늘은 아니었다. 작고 앙증맞은 그릇을 골라 볶음 멸치와 김치를 담았고, 낱개 포장된 김은, 비닐만 벗기는 대신 물고기 모양의 귀여운 접시에 냈다. 찌개 역시 어제 먹던 냄비 대신 아주 오래전 큰맘 먹고 장만했던 고급스러운 뚝배기를 끄집어내서, 보글보글 먹음직스럽게 덥히기 시작했다.

가만있어 보자. 꽃도 있는데 계란말이라도 하나 이쁘게 말아 볼까.

여자가 계란이 몇 개나 있나 살펴보는데 전화벨이 울렸다.

남편이겠지 했는데, 시어머니다. 웬일이지.

"에미야 나다. 아범 왔냐?"

"아직이요 어머니. 좀 있으면 올 거예요."

"저녁은?"

"준비 다 해 놨죠. 김치찌개 끓였어요."

"돼지갈비 좀 사다 넣고 끓이지. 에비는 그거 좋아하는데."

"안 그래도 돼지갈비 넣었어요, 어머니."

돼지갈비는 무슨. 어제 퇴근하고 급하게 끓이느라고 참치 캔 하나 따서 넣고, 버터 한 숟갈 넣은 게 전부다. 그렇게 줘도 잘만 먹더만.

"근데… 무슨 일 있으세요 어머니?"

"딴 게 아니고 지난번에 내가 췄던 유리병 있지? 돼지감자 장아찌 넣어 췄던 병. 그거 좀 내일 아침에 에비 편에 보내라. 퇴근길에 그거 갖고 우리 집에 잠깐 들르라고 하고."

"유리병요? 왜요?"

"매실 액 좀 주려구 그래. 약 하나도 안 치고 깨끗하게 기른 황매실로 담근 거라고 누가 췄는데, 반 덜어 줄 테니 에비랑 애 좀 멕여라. 에비 술 마셨을 때도 좋고 애도 음료수 대신 그런 거 멕이면 좋잖아. 안 그래도 아토피 땜에 그 어린 게 고생인데. 내일 아침에 꼭 보내라.”

용건만 말한 시어머니는 일방적으로 전화를 끊었다.

그 좋다는 거… 처음부터 끝까지 남편이랑 애 먹이란 얘기뿐이지. 나는 입에도 대지 말라는 건가.

여자는 확 긁히는 기분이 들었다. 모처럼 지치지 않은 기분을 이런 식으로 망쳐 놓다니. 묘한 재주가 있는 양반이라고 생각하면서도, 지금 와서 뭘 새삼스레 섭섭할 거 있나 싶기도 했다. 결혼하고 나서 늘 보고 겪은 일 아닌가.

여자는 한숨을 한 번 크게 쉬고 김치찌개 불을 돌아보다 말고, 아차 싶었다.

저 꽃병을 내놓으라고? 그럼 내 꽃은?

갑자기 맥이 풀렸다. 황매실 액은 안 먹어도 그만이지만, 이 이쁜 꽃들은 어디에 꽂으라고.

여자는 멍하게 꽃을 바라보며 식탁 의자에 앉았다.

길거리 트럭에서 돈 만원 주고 꽃 한 다발 산 게 그렇게 큰 사치일까.

나에겐 왜 꽃을 이쁘게 꽂아 둘 화병 하나가 없는 걸까.

흔히 하는 말처럼, ‘먹지도 못하는 꽃’ 때문에 이러는 내가 웃긴 건가.

조금 전까지 그렇게 근사해 보이던 식탁 풍경이 말할 수 없이 초라하고 구질구질해 보였다.

“당신 뭐야, 집에 있는데 왜 대답도 안 해?”

어느새 퇴근한 남편이 들어와 있었다.

"어? 찌개… 이거 불 꺼야 되는 거 아냐? 쪼는 거 같은데?"

"왔어? 얼른 손 씻고 와. 밥 다 차렸어."

"딸~! 뭐해? 아빠 왔는데 내다보지도 않구우~"

남편은 한 톤 높인 목소리로 아이 방을 향했고 아이는 방에서 튀어나와 아빠 품에 안겼다. 여자는 김치찌개 뚝배기를 식탁으로 옮기고 밥을 펐다. 잠시 후 아이와 남편이 오더니 각자 자리에 앉는다.

"어? 꽃이네? 웬 거야?"

"엄마가 사 왔어. 이쁘지? 내 방에도 꽂아 줬다~"

"사무실 사람 누가 꽃 받아서 얻어 온 거야? 왜? 처치 곤란이래?"

남편은 김치찌개를 한 입 퍼먹으며 물었다.

아무런 악의 없이 한껏 우물대는 입을 보니 갑자기 부아가 치밀었다.

"샀다, 샀어! 나는 꽃 좀 사면 안 되냐?"

"왜 소릴 지르고 그래? 내가 뭐랬다구?"

"생전 꽃 한번 못 사고 맨날 구질구질하게스리…."

어이없게 눈물이 터지고 말았다. 이럴 건 없다는 생각에 당황스러운 기분이 들자 눈물은 오히려 더 솟구쳤다.

남편은 낭패스러운 표정으로 숟가락을 내려놓더니 조심스레 묻는다.

"아니… 난 그냥 당신이 웬일로 꽃을 샀나 해서…."

"나 꽃 좋아해. 몰랐지?"

"…"

"됐어. 밥이나 먹어."

냉랭한 분위기에 아이는 눈치를 보며 입을 연다.

"… 엄마…."

"얼른 먹어. 김치찌개 매우면 계란 프라이 해 줄까? 엄마가 계란말이 하려다가 깜박했어."

"아냐 안 매워. 김이랑 먹을게."

꽃 때문에 화사했던 식탁은, 꽃 때문에 궁상스러워지고 말았다.

"있잖아 여보…"

늦은 밤. 먼저 말을 건넨 건 양치를 마치고 와서 여자 곁에 누운 남편이었다. 먼저 말을 걸긴 했지만 딱히 할 말이 없는지 한참을 머뭇댔다.

"됐어. 별일 아냐. 그냥… 사는 게 뭔가 싶어서 그런 거야."

"당신 꽃 좋아하면 내가 또 사 올게. 말만 해. 그까짓 꽃…"

"피곤하다. 잠이나 자."

"… 알았어."

"그리고 내일 아침에 꽃 꽂아 둔 유리병 갖고 출근해. 저녁때 그거 갖고 어머니한테 들러."

"병만 갖고 가면 돼?"

"싱크대 오른쪽 찬장 열면 빨간 플라스틱 뚜껑 있으니까 그거랑 같이 갖고 가."

여자는 더 이상 입을 열지 않았다. 다 귀찮았다.

아무것도 모르는 남편의 얘기도, 여자의 구질구질한 기분도 이루 말할 수 없이 성가시고 짜증스럽기만 했다.

얼른 잠이 들길 바랐지만 한참을 뒤척였다.

말 끝내기 무섭게 코를 고는 남편은 아주 먼 곳에 있는 사람 같았다.

여자는 늦잠을 잤다. 밤에 잠을 설친 탓일 거다. 여자보다 일찍 출근한 남편은 꽃을 병에서 빼서 커다란 스테인리스 볼에 물을 받아 텀벙 넣어 두고 갔다. 비스듬히 대충 담긴 꽃 몇 송이는 영문도 모르고 수장된 채 여자를 빤히 올려다보고 있었다.

　이 꽃을 어쩔까 싶다가 그냥 내버려 뒀다. 늦었으니 서둘러야 한다. 꽃 따위에 신경 쓸 여유가 없었다.

　"얼른 일어나~ 어린이집 가야지!"

　여자는 욕실로 달려가며 아이 방을 향해 외쳤다.

　저녁.

　여자는 아이를 데리고 집에 왔지만 주방에 들어가진 않았다. 오늘은 남편이 저녁 당번을 맡는 날이니까 남편을 기다리기로 했다. 아니나 다를까 남편은 한 손에는 치킨을 들고 한 손에는 유리병을 들고 왔다. 유리병은 매실 액이 가득 담긴 채 보자기에 싸여 있었다.

　"엄마가 이거 되게 좋은 거래. 아토피에도 좋다더라."

　"그래, 그렇다고 하시더라."

　"나 손 씻고 올게. 얼른 치킨 먹자. 아직 뜨끈뜨끈해."

　남편이 욕실에 들어가고 아이가 치킨 박스를 여는 동안, 접시며 포크를 챙기던 여자는 문득 생각나는 게 있어 욕실을 향해 외쳤다.

　"당신 아침에 유리병 들고 갈 때… 씻어서 갖구 간 거야?"

　"아니! 그냥 물만 버리고 갖고 갔어."

　"그럼 어머니는? 어머니도 안 씻고 담으셨어?"

　남편은 욕실에서 나와 불을 끄며 말했다.

"엄마가 이거 잘 씻은 거냐고 물으셔서 자기가 잘 씻어 둔 거라고 했어. 그래야 우리 며느리 깔끔하다고 할 거 같아서. 잘했지?"

"그럼 어머니도 안 씻으셨다는 얘기네?"

"안 씻으시던데?"

여자는 "허-!" 소리가 절로 났다.

오래오래 꽃을 보기 위해 락스를 넣었던 게 생각났기 때문이다. 그걸 씻어 내지도 않고 매실 액을 받아오다니. 몸에 그렇게 좋다는 매실 액은 과연 효과를 발휘할 수 있을까.

매실 액의 노란빛은 무심하기만 하다.

밀레 〈마거리트 화병〉

꽃은, 특히 살림하는 사람에겐, 일종의 판타지다.

드라마나 영화에 등장하는 꽃은 어여쁘고 아름답고 탐스럽지만 현실의 꽃은 물 갈아주기 귀찮고 생각보다 금방 시들어서 서운하고 결정적으로 시들고 나면 종량제 쓰레기봉투를 주책없이 차지해 버린다.

그럼에도 불구하고 꽃 사는 걸 좋아한다고?

당신의 여유와 취향에 경배를.

버릴 때의 수고를 툴툴대지 않는 마음에 박수를.

우리 사회에서 꽃은 아름다운 존재에 비해 심한 홀대를 받아 왔다.

단지 먹을 수 없고 특별한 쓸모가 있는 건 아니라는 이유만으로.

밀레의 그림은 그 어이없는 홀대를 반성하게 만들기에 충분하다.

꽃이 얼마나 아름다운지, 얼마나 마음을 풍성하게 채워 주는지 일깨우고 향기 없는 '그림의 꽃'이 얼마나 아쉬운지 확연히 느끼게 해 준다.

밀레는 우리나라에서 유난히 사랑을 많이 받지만 이 그림은 왠지 결이 좀 다르게 느껴진다.

사랑받는 작품이 주로 정직한 노동과 겸허한 감사를 느끼게 해 주는 것들이었다면, 이 꽃 그림은 노동이나 감사와는 무관하게 꽃

자체의 아름다움만으로 가득 채워져 있다.

실제의 꽃이 그렇듯이 말이다.

밀레는 말년에 건강이 좋지 않았을 때, 유화보다는 파스텔로 그림을 그리곤 했는데 이 작품도 그중 하나다.

재료의 특성 때문일까. 화가의 시선 때문일까. 유난히 부드럽고 화사하다.

〈만종〉이나 〈이삭줍기〉 같은 작품을 그려 오던 화가의 눈에 꽃은 어떤 의미로 다가갈까. 꽃의 어떤 미덕에 마음이 움직였을까.

햇살을 전부 끌어안은 화사한 꽃병을 다시 바라본다.

내일은 꼬옥 꽃집에 가야지.

세월이 가면

"야! 잔 안 채워? 얼른들 채워! 꽉꽉 밟아서 까뜩!"

미스터 브라운이 자신의 잔을 높이 들고 자리에서 벌떡 일어났다.

7시에 모이기로 한 약속은 8시가 돼서야 다 모였다. 다들 조금씩 늦게 온 것이다.

"자, 자, 재수 없는 미스터 화이트가 또 한 건 했습니다! 초고속 부장 승진! 근데 입 싹 씻고 넘어가려는 이 자식을 위해 건배합시다. 개같음이 달라요, 미스터 화이트◆!"

"미스터 화이트!"

다들 크게 외치며 술잔을 꺾었다. 원래 승진 턱이니 뭐니 그런 자리

◆ 화이트 생리대의 슬로건 '깨끗함이 달라요'의 변용

제임스 앙소르, 〈이상한 가면〉, 1892, 캔버스에 유채, 100×80 cm

는 아니었다. 어쩌다 보니 오늘 모이자는 얘기가 나와서 날을 잡았는데, 모이고 난 후에 화이트 녀석이 승진했다는 걸 알게 된 것이다.

화이트는 언제나 승승장구했다.

학교 다닐 때에도 우리 중에서 공부를 제일 잘하더니, 좋은 대학-대기업-승진 가도를 착착 밟아 나갔다.

"진작 알았으면 삼겹살이 아니라 한우 집에 갔을 텐데 치사한 놈!"

쌈장에 푹 찍은 삼겹살을 입에 쑤셔 넣은 나이스 가이가 떠들었다. 녀석은 입이 미어터질 지경인데도 또 다른 고기를 집어 깻잎에 싸고 있다.

"말이 승진이지 월급은 찔끔이야. 한우는 사장님 후계자 미스터 핑크가 사 줘야지."

"야 우리 아버지 사장 관둔 지 오래됐어."

"관두셨어? 왜?"

"딴 일 하신다고."

"딴 일 뭐?"

"회장."

와- 웃음이 터졌다. 역시 클래스가 다르다며 한마디씩 한다.

고등학교 시절 우리는 쿠엔틴 타란티노Quentin Tarantino의 〈저수지의 개들〉에 미쳐 있었다.

영화에서 fuck라는 단어가 272번이나 나오고, 미스터 오렌지가 흘리는 피의 양을 사실적으로 그려 내기 위해 응급 구조 요원이 영화 촬영장에 함께 있었다는 얘기는, 뿜어져 나오는 아드레날린을 주체 못하여 날뛰던 사내놈들을 흥분시키고 남았다. 우리는 함께 모여 수없이 〈저수지의 개들〉을 돌려 봤으며, 영화 속에 나오는 닉네임을 각자에게 붙여 줬다.

수다스럽고 말 많은 녀석은 미스터 브라운.

싸움할 때 끝장을 보는 녀석에겐 미스터 블론드.

우등생에게는 미스터 화이트.

뚱뚱한 녀석에겐 영화 속 뚱보처럼 나이스 가이.

말수가 적은 나에겐 미스터 블루.

그리고 두둑한 용돈으로 멋 내기 좋아하던 녀석에겐 미스터 핑크.

영화에서처럼 미스터 핑크는 다른 색깔을 달라고 징징댔다.

하지만 우리는, 역시 영화처럼, 미스터 핑크를 하든가 아니면 여기서 빠지라고 윽박질렀다. 핑크는 '씨발' 한마디했지만 받아들였다.

고등학교 땐 남들이 뭐라거나 말거나 닉네임을 불러 댔지만 지금은 아무도 그렇게 부르지 않는다.

다만, 다 같이 모여 술잔이 몇 번 오고 간 후, 하나둘씩 넥타이를 풀기 시작하면 치기 어린 그 시절로 돌아가 '미스터 블론드' '미스터 핑크' 하고 있는 것이다.

넥타이.

오늘 넥타이는 오랜만에 아내가 골라 준 것이다.

"그 색깔 하지 마. 이걸루 해."

집을 나서는데 아내가 날 붙들었다.

"왜?"

"칙칙해 보여. 오늘 저녁때 애들 만난다며?"

"애들 보는데 칙칙해 보이는 게 무슨 상관이야."

"안 그래도 아쉬운 얘기 꺼내야 하는데, 넥타이까지 칙칙해 보이면 되겠어? 산뜻하고 자신 있게 보여야지."

"…"

"애들한테 회사 때려치우고 보험사 들어갔다는 얘긴 했어?"

"… 아니."

"내 그럴 줄 알았어. 괜히 얼굴 구기지 말고, 일단 명함부터 돌려. 명함 먼저 돌리면 말하기 더 쉬울 거야. 친구끼린데 말 못 할 것도 없잖아. 좋은 보험에 들면 걔네도 좋은 거구."

"… 그래."

"죽상 하지 말구 좀 웃어. 억지로라도 웃어야 더 웃을 일도 생긴대."

한번 웃어 주면 되는데 결국은 그냥 나와 버렸다. 웃을 일을 만들어 주지 못하는 남편의 등 뒤로 아내는 씩씩하게 덧붙인다.

"파이팅! 잘해!"

아내가 골라 준 넥타이는 지금 주머니 속에 쑤셔 박혀 있다. 처음 식당에 들어올 때부터 풀어서 집어넣어 뒀다.

"불판 갈아 드릴게요."

식당 아주머니는 고기를 새로 가져오면서 불판을 갈아 주었다.

고기는 커다란 덩어리째 굽다가 어느 정도 익으면, 아주머니가 와서 잘라 주었다.

치이익 소리와 함께 육즙이 부글댄다.

"나 요즘 이상해. 이런 고깃덩어리를 보면 비위가 확 상해. 이상하지?"

뚱보 나이스 가이가 고기를 우물거리며 지껄였다.

"니가?"

"요즘 피 튀기고 살점 튀는 호러 영화 많이 봤거든. 그래서 그런가 봐."

"니가 지금 비위 상한 사람의 입맛이냐? 고기는 지 혼자 다 먹으면서?"

짚고 넘어가지 않으면 못 사는 화이트가 딴죽을 거는데, 브라운이 갑자기 생각난 듯 열을 올리기 시작했다.

"내가 옛날에 CSI◆에 미쳤던 거 알지? 난 거기서 시체 눕혀 놓고 가슴팍 열어젖히고 내장 헤집어 놓는 걸 본 다음부턴, 피 튀기고 내장 줄넘기하는 건 아무렇지도 않더라. 미국 애들이 그런 장면은 정말 끝내주게 만들지 않냐? 비엔나소시지처럼 생긴 게 사람 배에서 한 무더기 쏟아지는데 처음엔 진짜 토 쏠렸어."

술이 올라서 얼굴이 벌게진 브라운은 평소보다 번들거려 보였다.

"근데 말이야… CSI 라스베이거스는 이상한 게 하나 있어."

"뭔데?"

"그게 미드잖아. 근데 왜 〈퀴즈탐험 신비의 세계〉 음악이 인트로에 나오냐? 〈퀴즈탐험 신비의 세계〉 음악이 원래 유명하나?"

"뭔 소리야? 거기서 왜 그 음악이 나와?"

"CSI 시작할 때 '우~~ 아 우아 우아' 노래 나오잖아! 〈퀴즈탐험 신비의 세계〉 음악!!"

◆ 미드 〈CSI 라스베가스〉

브라운은 노래까지 불러가며 열을 올린다.

"뭐어? … 야 이 미친놈! 아하하하!"

"야 CSI는 '우아우아'가 아니라 '후 아 유, 우우 우우'야."

다들 웃음을 터뜨리고 난리지만 브라운은 여전히 못 믿겠다는 눈치다.

"에? 그게 영어였어?"

"야 이 무식아~ '후'라는 밴드가 부른 〈후 아 유〉라는 노래야. 니가 그러니 똥색을 못 면하지."

"에이~ 그놈들이 영어를 이상하게 하네~ 발음이 후져서 난 여태 '우~아 우아 우아'인 줄 알았잖아. 어느 나라 밴드냐?"

"영국."

"그렇지? 영국이지? 미국 애들이었으면 알아들었을 텐데."

스스로도 어이없는지 브라운도 비죽 웃는다.

"너 수능 영어 몇 점이냐?"

"듣기 평가는 다 맞았어."

"아 우리나라 수능 영어 쓰레기네~ 이런 똥통도 다 맞게 하고~"

브라운 덕분에 술자리는 순식간에 더 질펀해졌다.

술잔이 더 빠르게 돌았고, 폭탄주를 말 때 소주의 비율은 점점 더 높아져 갔다.

이렇게 빨리 취하면 안 되는데. 아직 정신이 멀쩡할 때 보험 얘기를 꺼내야 할 텐데.

웃음소리가 높아질수록 초조해졌다.

안 되겠다. 화장실에 갔다 와서 정신 차리고 얘기해야지.

발바닥에 스프링이라도 달린 것처럼 붕 뜬 걸음으로 화장실로 향했다.

"이 자식, 벌써부터 오줌발이 나부끼면 어떡하냐?"

소변을 보고 있는데 화이트가 화장실 문을 벌컥 열고 들어와 등짝을 치며 얘기한다.

"나부끼긴… 술 먹어서 그래."

손을 씻으면서 보니 녀석도 어지간히 술기운이 도는지 제자리에 가만 서 있질 못하고 휘청대며 일을 본다.

아내는 화이트와 핑크에게 얘기를 꺼내 보라고 했다. 잘 나가는 놈이랑 여유 있는 놈이니까 뭐 하나 들어주지 않겠냐는 거다. 글쎄? 친구를 돕는 일이 여유에서 나오는 걸까? 내가 제일 먼저 떠올린 얼굴은 다른 녀석이다.

"제수씬 어때? 잘 있지?"

화이트의 사회생활은 이런 걸까. 그다지 궁금해 하지 않으면서도 내 주변을 묻는 일을 빼먹지 않는다. 나 자신에 대해 묻는 것보다 내 주변에 대해 묻는 건 한결 세련돼 보인다.

"뭐 맨날… 그렇지 뭐."

"하긴… 넌 헛짓거리 안 하는 놈이니까."

"…"

"우리 마누라가 툭하면 너처럼만 하랜다. 남자는 능력이고 나발이고 다 필요 없고 여기 얌전하게 쓰는 게 최곤데… 넌 믿을 만하대나 뭐래나."

화이트는 바지 지퍼를 올리며 다가와 내 사타구니를 툭 치며 말했다.

"거야 너처럼 능력 있는 남자랑 사니까 하는 얘기지."

"능력이 별거냐, 밥 안 굶기면 능력이지."

"그런가."

화이트는 내 어깨에 팔을 두른 채 앞장섰다. 녀석이 이끄는 대로 화장실을 빠져나왔다.

"근데… 입맛이 점점 까다로워져. 입맛에 안 맞으면 차라리 굶겠단다. 참나~ 지가 굶어 봤어? 굶어 보지도 않은 주제에."

"니 마누라… 입맛 까다롭냐?"

화이트는 대답 대신 씩 웃고 마는데 입꼬리가 묘하게 뒤틀린다.

내세울 거 없는 집안의 유망주로 자라서, 제법 계산기를 두드려 보고 결혼한 이 녀석도 사는 게 고달프긴 마찬가지인가. 속이 울렁댄다. 화이트가 목을 끌어안고 이끄는 대로 휘청휘청 걸으며 내려다보니, 양복 허벅지 부분에 얼룩이 보인다.

화이트 말대로 나부껴서 그런가? 아니면 물인가?

제발 물이었으면 좋겠다고 생각하며 일행이 있는 테이블로 돌아갔다.

"야 니네도 빨랑 5만 원씩 내."

나이스 가이가 자리에서 일어나 있다가 자리에 돌아온 화이트와 나를 보며 외친다.

나이스 가이의 통통한 왼손에는 만 원짜리와 5만 원짜리 몇 장이 들려져 있다.

"왜? 뭐 하는데?"

"밖에 달이 떴나 안 떴나 내기하는 거야. 참가비 5만 원."

"나이가 몇인데 또 이런 짓이냐?"

화이트는 투덜대면서도 지갑을 꺼냈다.

"다들 어디에 걸었어?"

"블론드 핑크 뚱퉁은 뜬다. 나는 안 뜬다."

회비도 아쉬운 판국에 5만 원을 따로 내야 하다니. 내키지 않았다. 오늘 날씨가 어떤지 검색이라도 해 봐야 하나. 스마트폰을 꺼냈다.

"야 퍼렁이! 모양 빠지게 뭔 짓이냐? 치사하게 일기예보 보는 거야?"

핑크의 야유에 전화기를 다시 주머니에 넣었다.

"감 믿고 얼른 꽂아. 오늘 비 얘기 없었어."

브라운의 재촉에 지갑에서 돈을 꺼내며 보니, 저 한구석에서 블론드가 담배를 꺼내 만지작거리는 게 눈에 보인다. 담배를 피우러 나갈까 말까 망설이는 모양이다.

"론드야, 넌 어디에 걸었다고?"

"나? 뜬다."

"그래 그럼. 나도 뜬다."

싸움꾼 블론드.

예전부터 나는 그의 말없음과 지독함이 좋았다. 다른 녀석들처럼 허세를 떨지도 엄살을 피우지도 않지만, 결정이 빨랐고, 한번 결정하면 끝까지 갔다. 싸움꾼 기질도 그런 성격에서 비롯된 것이리라.

"그럼 난 안 뜬다."

내가 돈을 걸자 화이트도 5만 원짜리를 꺼내 테이블에 탁! 하고 내려놓았다. 그걸 본 나이스 가이가 튕기듯 나선다.

"그럼 나랑 화이트는 안 뜬다. 나머지는 뜬다. 만약 달이 안 떴으면 나랑 화이트가 15만 원씩 갖는 거고, 뜨면 나머지가 각자 7만 5천 원씩이다. 짜식들 겨우 2만 5천 원 먹으라고 돈을 거냐? 우린 세 배 뺑튀기야."

"안 떠야 세 배지. 낮에도 날씨 좋았고 비 온다는 얘기 없었어. 어차피 너네는 개털이야."

브라운이 혀가 반쯤 꼬부라져서 목청을 높인다.

"개털인지 딴 털인지는 나가 보믄 아는 거고."

나이스 가이가 받아치자 다들 낄낄댔다.

그래 오늘은 넘어가자. 보험이고 뭐고 구질구질한 건 치워 두고. 다음에 기회가 있겠지.

이제야 맘 편히 웃었다.

"야 니들 인터넷 뭐 쓰냐?"

느닷없는 화이트의 질문.

"난데없이 뭔 소리야?"

어리둥절해서 누군가 되물었다.

"요즘 우리 회사, 전 사원 총력 기간이야. 영업 안 된다고 나 같은 사람까지 쪼아 대고 생지랄이다. 인터넷이랑 전화기, 가족끼리 결합 상품으로 해서 우리 회사 걸로 바꿔 주라. 사은품은 챙겨 준다니까."

"난 원래 니네 회사야. 바꾸긴 뭘 바꿔."

브라운이 입을 삐죽댔다.

"그럼 넌 됐고, 니네 형은 어디 꺼 쓰는데?"

"거야 모르지"

"그럼 내일 형한테 전화해서 얘기하고 나한테 니네 형 번호 찍어

쥐. 회사에서 안내 전화 걸 거야. 나머지도 다들 번호 넘길 거니까 안내 전화 받으면 오케이 해라."

이건 숫제 명령이다.

화이트 녀석은 켕기거나 눈치 살피는 기색도 없이 당당하다.

이건가.

남들보다 빠른 승진은 좌우 살피지 않는 당당함 덕분인가.

나는 여기 오기 전부터 수도 없이 시뮬레이션 했던 말을 결국 구겨 넣어 버렸는데, 저 녀석은 성가신 얘기를 우정을 지렛대 삼아 가뿐하게 들어 올린다. 친구들의 얼굴을 살피니 별다른 감흥조차 없다. 하긴 거나하게 취한 마당에 통신사 바꾸는 게 뭐 대수랴.

모두들 떠들썩한 농담과 웃음에 휩쓸리다가 어느새 고깃집 밖으로 나왔다.

"우이 씨 이게 뭐야? 비 오는 거야?"

"내 이럴 줄 알았지! 화이트 부장님 일루 오셔. 깔끔하게 각 15만 원씩."

"오늘 완전히 화이트 데이네. 승진하고 돈 따고."

핑크가 화이트의 어깨를 툭 친다.

"돈만 땄냐? 우리가 영업까지 당해 줬잖아."

미스터 브라운은 거들었다.

'역시 개 같음이 다르군.'

술 취한 기색도 없이 빙긋 웃는 화이트를 보며 생각했다.

담배 냄새가 풍겨 왔다. 한 발짝 떨어진 곳에서 블론드가 담배를 빨고 있다.

오래 참았으니 나오기 바쁘게 찾아 문 거겠지.

"나도 한 대 주라."

블론드에게 다가가 손을 내밀었다. 잠시 망설이는 블론드는 '너 담배 끊었다고 하지 않았냐' 표정이다.

그래, 끊었지. 그런데 지금은 한 모금이 필요한 순간이다.

블론드가 건네준 담배를 입에 물고, 그가 켜 주는 라이터로 불을 붙여, 깊은 숨을 따라 담배 연기를 밀어 넣었다.

"제수씨 어때? 잘 지내지?"

화이트의 말투를 떠올리며 툭 내뱉었다.

그 순간 담배를 빨아들이던 블론드가 힐끔 나를 건너다본다.

어둠 속이라 잘 안 보이지만 그의 눈이 번쩍 번들댔다고 생각됐다.

짧은 순간이 지나고 그가 내 얼굴을 향해 담배 연기를 내뿜는다.

"지난번에 말했잖아… 나 이혼했다고."

이런 젠장. 그걸 깜박하다니.

"이 새끼… 얘기 들을 땐 뭐라 뭐라 되게 생각해 주는 척하더니…."

블론드는 담배를 휙 던져 발로 비벼 끄고 침을 내뱉었다.

오늘은 정말 글렀구나.

한 모금 뿜으며 고개를 숙이니 아까 묻은 바지의 얼룩이 여전하다.

화이트 말대로 벌써부터 나부껴서 오줌이 묻은 걸까.

끊었던 담배를 오랜만에 피운 탓인지 담배 맛이 유난히 쓰다.

앙소르 〈이상한 가면〉

일 년에 두서너 번 만나는 학교 동창들.

혹은 어린 시절을 함께했던 친구들.

경쟁이나 견제가 필요 없는 사이라서 즐겁다고 생각하면서도 한 편으론 그들과 나누는 얘기 속에는 현재가 없고 과거만 있는 거 같다는 느낌을 받은 적은 없는지.

편하지만 어딘지 모르게 한구석이 허전하고, 유쾌하지만 진짜 속 얘기를 선뜻 꺼내 놓을 수는 없는 기분이랄까.

일상을 살면서 느끼는 구질구질함과 고단한 얘기는 목구멍에 걸리고 떠들썩한 농담에 휩쓸리곤 한다.

그 순간, 이미 오래전에 내던졌던 어린 시절 가면을 꺼내 쓰는 것이다.

벨기에 출신 제임스 앙소르가 즐겨 그린 가면 그림은 어린 시절 부모님이 운영하던 가게에서 영향을 많이 받은 것이라고 한다. 골 동품이나 페스티벌 용품을 파는 가게였는데 물건 중에는 알록달록하고 화려한 가면이 많았던 것.

초기에는 어둡고 평범해 보이는 화풍이었는데, 자신에게 익숙한 가면의 이미지를 적극적으로 그림에 활용하면서 그만의 작품 세계가 빛나기 시작했다.

앙소르는 가면 그림을 통해 인간의 어리석음과 타락을 풍자했는데, 재밌는 건 그의 가면 그림은 화사하고 예쁜 색채로 그려졌지만 정서는 묘하게 그로테스크하고 뒤틀려 있다는 거.
색깔과 정서가 충돌하면서 그림에서 눈을 뗄 수 없게 만드는 매력을 발산한다.

오늘도 우리는 하루를 살아 내면서 무수한 상처를 입고, 그중 몇몇은 지울 수 없는 내상을 남기기도 한다.
상처 받은 짐승처럼 자신의 상처를 스스로 핥으며 회복의 시간이 지나길 기다리기도 하지만, 때론 가면을 쓰고 사람들 속으로 달려가고 싶기도 하다.
벌겋게 부어오르거나 곪아 가는 상처는 없었던 양 외면하고, 가면의 유쾌함에 나를 맡겨 버리고 싶은 것이다.
자신의 삶을 견디는 또 하나의 방법.

모든 시들어 가는 몸을
사랑해야지

명사수

"아우 깜짝이야!"

"뭘 놀래고 그래?"

"노크라두 좀 하지."

욕실 문을 열고 들어가자 몸을 씻던 아내는 공중에서 두 손을 잠깐 버둥거렸다. 놀란 모양이다. 하지만 투덜거림도 잠시, 아내는 나를 돌아보지도, 비누칠하던 손길을 멈추지도 않는다. 뭘 저렇게 맨날 씻고 닦는 건지. 아내는 욕실에 한번 들어오면 나올 줄을 모른다. 뜨거운 수증기로 가득 찬 목욕탕은 숨이 막힌다.

쏴아-

욕실이 비길 기다리며 맥주 한 캔을 마셔서 그런지 오줌발이 제법

에드가 드가, 〈욕조〉, 1886, 파스텔, 60×83 cm

세차다.

"앉아서 좀 하라니까."

"뭐?"

"앉아서 오줌 누라고. 서서 일 보면 오줌 방울이 얼마나 튀는지 알
어? 눈에 안 보여서 그렇지 사방으로 다 튄단 말야. 생전 목욕탕 청소
는 하지도 않으면서."

"어떻게 앉아서 일을 봐. 평생 서서 눴는데."

"왜 못해? 내 친구 남편들도 다들 앉아서 일본대. 처음에만 어색하
지 쫌만 익숙해지면 아무렇지도 않대."

"그건 영점 조준이 안 되는 남자들 얘기고, 나는 명사수라서 괜찮
아."

"명사수 좋아하네."

아내는 여전히 나는 쳐다보지도 않고 꿍얼댄다.

몸을 둥글게 말고 발 닦기에 여념이 없는 아내는 마치 드라이아이
스 같다. 욕실을 가득 채운 수증기는 아내의 하얀 몸뚱이에서 뿜어져
나온 듯하다.

요즘 입만 열면 살쪘다고 징징대더니 옆구리 살이 제법 두툼해졌네.

밝은 데서 아내의 몸을 본 게 꽤 오랜만이라고 생각하며 욕실 문을
열고 나서려는데 아내의 목소리가 뒤통수를 잡아챈다.

"손 안 씻어?"

"꼭 씻어야 돼?"

"저러구 나가서 과자 집어 먹을라구. 얼른 씻어."

"에이 귀찮어."

마지못해 물을 틀다가 손으로 물을 받아 아내의 등에 찬물을 끼얹었었다.

"어맛! 뭐 하는 거야~"

아내는 처음으로 고개를 들어 나를 쳐다봤고, 나는 재빨리 문을 열고 밖으로 나왔다. 그리곤 욕실 불을 껐다.

"뭐야! 빨랑 안 켜?"

내친김에 목욕탕 스위치를 켰다 껐다 재빨리 손을 놀렸다. 처음엔 짜증을 내던 아내도 잠시 후엔 헛웃음을 내뱉는 게 욕실 안에서 들려온다. 나도 괜스레 웃음이 쿡 삐져나왔다.

스타킹 킬러

"뭐 하는 거야. 얼른 나와. 차 막힌다니까."

"잠깐만 있어 봐."

마음이 급해 죽겠는데 스타킹을 찾을 수가 없다.

"옷 갈아입으러 들어간 게 언젠데 여태 이러구 있어?"

재촉하던 남편은 더 이상 견딜 수가 없는지 방에 들어와서 문고리를 잡고 서 있다.

토요일 오후 결혼식에 가는데 서둘러야 한다는 걸 모르는 바는 아니다. 헌데 스타킹들이 한결같이 헤픈 웃음 같은 구멍을 벌리고 있는 거다.

"뭐야? 옷이라도 갈아입나 했더니 아니네? 아까 입은 옷 그대로잖어?"

"스타킹이 없어서 그래."

"스타킹이 왜 없어? 당신 앞에 잔뜩 쌓인 거 스타킹 아냐?"

"다 구멍 났어."

"아니 사람이 얼마나 칠칠맞으면 스타킹마다 죄다 구멍이야?"

"칠칠맞아서 그런 거 아니거든~!"

안 그래도 속이 타는데 남편의 참견이 짜증스럽다.

"그러지 말구 여기 스타킹에 손 좀 넣었다가 빼 봐. 구멍 난 데 있는지 좀 봐 줘."

"손을 넣었다 빼라구?"

"나 봐봐. 이렇게."

나는 손을 오므려서 조심조심 스타킹에 넣었다가 다섯 손가락을 쫙 펼쳐서 빼는 시늉을 보여 줬다. 이런. 이것도 길게 구멍이 나 있네.

"아 짜증 나! 증말 왜 이래!"

이럴 줄 알았으면 스타킹 좀 미리 사 둘 걸.

매끈하게 다리 모양을 잡아 주는 고탄력 스타킹은 가격이 비싸서 왕창 사 두지 못한 게 후회됐다. 이래서 평소엔 바지만 입다가 오늘은 모처럼 결혼식을 핑계 삼아 한번 차려입고 싶었는데 엉뚱한 데서 태클이 걸리니 머리가 후끈해진다.

남들은 귀걸이나 목걸이 아니면 명품 로고가 박힌 핸드백에 신경 쓰는데, 난 겨우 구멍 나지 않은 스타킹 하나를 찾지 못해 이 난리라니.

결혼식이고 뭐고 다 때려치우고 싶다.

"어!? 이거 멀쩡하다!"

남편이 스타킹 하나를 골라내서 깃발처럼 흔들어 댔다.

"구멍 없지? 그치?"

남편은 스타킹을 건네주며 의기양양했다. 마치 주인이 던진 공을 물고 온 강아지처럼 들떠 보였다. 반가워서 얼른 받아 들었지만 나의 손놀림은 신중했다. 괜히 서두르다가 손톱에라도 걸리면 낭패니까.

발레를 하는 거처럼 발끝을 오므려 힘을 주고 조심조심 스타킹의 터널을 타고 내려갔다. 얇고 매끄러운 감촉이 오늘따라 예민하게 다리에 감겨든다. 드디어 발끝이 스타킹의 끝에 닿자 발에 힘을 주어 방바닥을 내디뎠다.

그래. 이것만 신으면 후딱 나갈 수 있어.

한숨 돌렸다고 생각하며 스타킹을 잡고 올리는 순간, 아뿔싸. 너무 성급한 환호였나? 뒤꿈치부터 종아리를 타고 긴 구멍이 주욱 타고 올라왔다. 어이가 없어서 잠시 모든 행동을 멈췄건만 순식간에 생긴 균열은 아주 오래 전부터 거기 자리 잡고 있었던 양 당당하다.

"뭐해? 신었으면 얼른 가자."

"안 돼. 구멍 났어."

"에? 아깐 분명히 멀쩡했는데?"

"그랬는데 신다가 나버렸어."

치밀어 오르는 짜증을 어쩔 수 없어서 방바닥에 털썩 앉으며 간신히 대답했다.

"아, 왜?"

"걸렸어."

"뭐에?"

"…"

"그러게 좀 조심조심 올리지 당신은 뭐든지 우악스럽게…"

"그게 아니구! 각질이야. 각질에 걸린 거라구."

"각질?"

"그래, 발뒤꿈치 각질 말야. 거기 걸린 거야."

"아니 발 좀 깨끗이 씻지 발에 그렇게…."

"됐어. 스타킹 안 신고 갈 테니 얼른 나가자."

"안 춥겠어?"

"당신 차 타잖아. 결혼식장도 실내니까 괜찮고. 늦었어. 빨랑 가자."

하지만 막상 집을 나서니 괜찮지가 않았다. 싸늘한 늦가을 공기는 모처럼 맨살을 발견한 게 반가운지 사정없이 철썩 들러붙는다. 피로연장 의자에서는 닭살이 돋은 다리를 꼭 붙이고 앉아 있어야만 했다. 차가운 다리 때문에 입맛도 식어버린 걸까. 음식을 깨작거리면서 내내 생각난 건 친정 엄마와 할머니였다.

양말을 벗을 때에 투두둑 하며 거친 소리가 나던 엄마의 발.

목욕탕에 가면 회색 돌에 발꿈치를 문지르던 할머니의 발.

한때는 매끄럽고 부드러웠던 뒤꿈치였건만 결국은 나도 엄마와 할머니의 각질을 뒤집어쓰고 말다니. 서글프고 맥이 풀렸다.

같은 테이블에 앉은 일행들이 나누는 얘기를 듣는 둥 마는 둥 난 그저 접시 위 애꿎은 떡만 젓가락으로 찔러 대고 있었다. 그때 옆에 앉아 있던 남편이 조용히 다가온다. 왜 그러냐고 입을 떼려는데 재킷을 벗어 내 무릎 위에 펼쳐 덮어 준다. 한 번 씨익 웃고는 다시 사람들을 향해 시선을 돌리는 남편.

남편의 옷이 바닥에 끌리지 않게 추스르며, 각질 얘기는 하지 말걸… 후회가 됐다.

다니엘 데이 루이스

"안 하면 안 돼?"

아내는 평소 같지 않게 입을 삐죽 내밀고 아이처럼 말한다.

"나도 귀찮은데 눈치가 보인단 말야. 윗사람들이 전부 염색했거든. 어제도 상무가 엘리베이터에서 날 보자마자 이제 겨우 마흔 줄 넘은 사람이 왜 이렇게 머리를 허옇게 하구 다니냐구 한마디 하더라구. 염색해야 돼."

서른다섯쯤이었던가. 갑자기 흰머리가 늘어났다. 30대에 흰머리라는 게 믿어지지 않아서 그러다 말겠거니 하고 내버려 뒀는데 몇 년 사이에 거의 반백이 되고 말았다. 주변에선 다들 나만 보면 한마디씩 한다.

왜 염색 안 하냐. 염색하면 훨씬 젊어 보일 텐데 왜 그러냐.

특별한 이유는 없고 단지 좀 귀찮았을 뿐인데, 이제는 염색이 문제가 아니라 대답하는 게 더 귀찮아졌다. 그 말을 하지 않는 건 오로지 아내뿐이다.

"염색약이 눈에 그렇게 안 좋대. 안 그래도 눈이 안 좋아서 툭하면 눈 뻘게지는 사람이 염색약 썼다가 눈 버리면 어떡해?"

"에이 설마. 요즘 다들 염색하는데 그렇게 안 좋겠어? 괜찮은 약이 있겠지."

그래도 아내는 표정을 풀지 않는다.

"아무튼 우리나라 회사 참 이상해. 윗사람이 염색하면 아랫사람도 염색해야 하고. 윗사람보다 큰 차 몰면 눈치 보고."

"내 동기 중엔 내 차가 제일 작아."

"누가 당신이 그렇대~ 남들이 그런다는 거지~"

일을 하긴 하지만 나처럼 빡빡한 조직 문화가 아닌 곳에서 일하는 아내는 이런 얘기가 나오면 이해할 수 없다는 말을 종종 했다. 하지만 흰머리를 염색하겠다는 얘기에 대한 반응은 좀 의외다. 내가 젊어 보이는 게 싫은가?

"젊어 보이고 늙어 보이는 게 문제가 아냐. 난 당신 흰머리가 좋단 말야."

"염색이 싫은 건 알겠는데 흰머리가 좋을 거까진 없잖아?"

"생각해 봐. 당신은 맨날 똑같은 머리 스타일 똑같은 머리 색깔만 했었잖아. 머리를 기른 적도 없고 특이한 염색을 한 적도 없고. 근데 흰머리가 생겼으니 자연스럽게 머리 스타일을 바꿀 수 있는 찬스 아냐?"

"백발 되는 게 헤어스타일을 바꿀 찬스라니… 웃긴다~"

아내는 나를 똑바로 쳐다보며 내 머리카락에 손가락을 넣어 넘겼다.

"이렇게 머리숱이 많은데 머리가 하얀 사람은 분위기 있어 보이잖어. 로맨스그레이 같구. 더군다나 당신 같은 반 곱슬은 더 이쁘단 말이야. 뒷머리는 짧게 깎더라도 앞머리는 좀 길러서 뒤로 멋있게 넘기구 다니면… 다니엘 데이 루이스 같지 않을까? 당신은 배도 안 나왔잖아~"

내 마누라가 이렇게 야무진 꿈을 가진 여자일 줄이야. 미처 몰랐다.

생전 가야 드라마도 심드렁하고 아줌마들이 꺅꺅대는 연예인을 봐도 콧방귀나 뀌던 여자인데, 다니엘 데이 루이스 운운이라니. 배 안 나오고 반 곱슬이 전부 다니엘 데이 루이스라면, 세상엔 다니엘 데이 루이스가 차고 넘칠 거다.

우습기도 하고 으쓱하기도 해서 비실비실 웃고 있는데 아내는 신이 나서 얘기를 보탠다.

"당신… 운동하는 게 어때?"

"어이구 야~ 피곤해 죽겠는데 무슨."

"당신은 날씬해서 근육만 좀 만들면 훨씬 더 멋있을 거야."

"나 근육 같은 거 잘 안 생겨. 보면 알잖아."

"아냐 우리 회사 사람 중에 당신처럼 비쩍 마른 남자가 있었는데 얼마 전에 보니까 옷 입은 태가 너무 이뻐졌더라구. 왜 그러나 싶었는데 운동했대. 원래 당신처럼 근육이 잘 안 붙는 체질인데, 밥 먹는 것도 늘리고 프로테인 가루도 먹고 그래서 그렇게 된 거래. 확 표가 나진 않아도 어딘가 모르게 아주 근사해졌더라구! 당신도 해 봐봐. 몸 만들면 양복 한 벌 근사하게 뽑아 줄게!"

아내는 모처럼 신이 나는 표정이다. 이 여자의 이런 표정을 보는 게 얼마만이지. 나는 괜스레 놀려 주고 싶은 기분이 든다.

"양복 값 좀 미리 돈으로 땡겨 줘 봐. 그럼 생각해 볼게."

"말을 해도 꼭 그냥… 관둬. 내가 말을 말아야지."

"당신은 내가 나이 들어서 멋있었으면 좋겠어? 딴 여자들이 막 반하구 그래두?"

"치이~ 반하기나 하믄."

입을 삐죽대는 아내 저편 너머 어두운 창문에, 나와 아내의 모습이 보인다.

우리는 언제까지 이렇게 붙어 앉아 시답지 않은 얘기로 낄낄댈 수 있을까.

정말 운동이라도 시작해 볼까.

집 앞 상가에 있는 헬스장을 떠올려 본다.

문신

Do Not Resuscitate (소생시키지 마시오.)

사진 속 백발의 영국 할머니는 옷의 목 부분을 한껏 아래로 잡아당겨 왼쪽 가슴 위쪽에 새긴 소생시키지 말라고 쓴 문신을 보여 주고 있었다. 뒷모습을 찍은 사진도 있다. 오른쪽 어깨에 화살표와 함께 P.T.O라는 문신이 보인다. Please turn over. 앞을 보라는 말의 약자란다.

조이 톰킨스라는 할머니가 이런 문신을 새긴 건 죽음을 준비하는 것이라고 했다. 오랫동안 병을 앓느라 의식도 없는 상태에서 고통 속에 떠나간 남편을 보며, 자신이 가망 없는 상태에 빠지면 생명 연장을 위한 의료 행위를 하지 말라는 뜻이라고 한다.

"할머니 대단하시네."

손톱을 깎으며 내가 들려주는 할머니 문신 얘기를 들은 남편의 반응이었다.

"나도 이 할머니처럼 할까 봐."

"왜? 문신 해 보고 싶어서 그래?"

이 남자. 가끔 보면 정말 엉뚱한 지점으로 표류를 하곤 한다.

"그게 아니라… 호흡기 떼면 바로 죽는 상황이 되면 연명술을 받지 않겠다고."

"왜?"

"어차피 가망도 없는데 당신이랑 애, 힘들게 하기 싫어. 의사가 희망이 없다고 하면 조용히 보내 줘. 그게 나을 거 같아."

남편은 대답이 없이 튀어 나간 손톱을 신문지 위에 모으고 있다.

"왜? 자기는 그러기 싫어?"

잠깐 망설이던 남편은 마지못해 입을 연다.

"난 그렇겐 못할 거 같애."

"남은 건 내 껍데기뿐이잖아. 의식도 없는데 뭐."

"난 껍데기라도 좋아. 그거라도 있어야 될 거 같아."

"어이구 웬일이야~ 안 이쁘다고 맨날 구박이나 하는 껍데기 갖구?"

"… 이뻐서 좋은 건 아냐."

"그럼 뭐가 좋은데?"

이쯤 되면 실없는 소리가 나올 법한데 남편의 얼굴엔 웃음기가 없다.

내가 뭘 잘못 짚었나? 이번엔 내가 표류하는 건가?

"우리… 딴 얘기하믄 안 되니? 이런 얘기 더 하기 싫다."

남편은 신문지에 모은 손톱을 들고 휴지통으로 향했다.

여전히 웃음이 없는 얼굴.

연애 5년. 결혼한 지 11년.

애틋함은 휘발되고 설렘은 사라졌지만, 서로의 부재는 힘들어졌나 보다.

"등 긁어 줄까?"

손톱을 버리고 온 남편이 묻는다.

"손톱 깎아서 지금 긁으면 무지하게 시원할걸? 긁어 줘?"

"그래. 함 해 봐."

나는 가렵지도 않은 등을 내밀었다.

드가 〈욕조〉

드가가 목욕하는 여성들의 벌거벗은 몸을 여러 점 그렸을 때, 세상의 평은 혹독했다.

그림의 정황상 매춘부가 영업을 위해 몸을 닦고 있는 걸 그린 게 틀림없다는 점.

그리스 신전에서 볼 수 있는 이상적인 아름다움이나 포즈를 취한 게 아니라 은밀한 부위를 닦고 있는 적나라한 모습을 포착했다는 점 등 때문이다. (위의 그림에선 포즈가 두드러지지 않지만 꽤 적나라한 목욕 그림이 많다.)

말하자면 미화되거나 정제되지 않은 일상의 모습을 훔쳐보는 시선이 문제라는 거다. 일종의 관음증적 성향이 입방아에 오르내린 것인데, 지금과는 다른 사회문화적 분위기를 생각하면 수긍이 가지 않는 바는 아니다.

하지만 그런 미술사적 평가를 모르는 채 처음 이 그림을 봤을 때 받은 느낌은 어떠한가.

당신의 욕실에서 벌어지는 일을 덤덤히 보는 느낌 아니었는지.

우리의 일상은 대체로 구질구질하다.

황순원의 소설 〈내일〉을 보면 키스에 관한 재밌는 정의가 나온다.

소설에 등장하는 치과 의사가 보기에 키스는 더러움을 나누는 행위다. 사람의 입속에는 음식물 찌꺼기와 세균이 가득한데 입술을 맞대고 그 지저분한 것들을 공유하는 게 키스이니, 바로 그런 점 때문에 역설적이게도, 키스는 사랑이 없으면 불가능하다는 거다. 아주 오래전 나의 걱정도 치과 의사의 얘기와 조금 맞닿아 있다.

어린 시절 TV에서 하는 영화란 영화는 죄다 훑던 나는 그 숱한 가위질의 난무 속에서 살아남은 영화의 몇몇 장면을 볼 때마다 머리가 복잡했었다. 영화에서는 밤을 함께 보낸 연인이 아침에 눈을 뜨자마자 키스를 나누는 장면이 꽤 로맨틱하게 묘사되곤 했는데 나는 로맨틱보다는 걱정이 앞섰다.

대체 그들은 입 냄새를 어떻게 하는 걸까. 아름다운 서양 선남선녀는 입 냄새가 나지 않는 걸까. 밤에 이 닦는 걸 건너뛰던 게으른 어린이였던 나로서는 당연한 걱정이었으나 이젠 그 답을 어렴풋이 알 것 같다.

첫째. 아무리 깔끔한 미남미녀라도 아침 입 냄새는 어쩔 수 없다는 거.

둘째. 입 냄새가 난다 해도 키스를 막는 결정적인 요인은 아닐 수 있다는 거. 물론 이제 막 서로를 탐색하는 사이라면 그럴 수도 있지만 적어도 '한 이불 덮고 자는 정'을 아는 이들 사이에선 그리 큰 문제가 아니다. 여기서 재밌는 건, 그런 정이 있는 사이에선 설사 키스를 나누지 않는다고 해도 그거 역시 큰 문제가 아니다. 함께 한 세월이 얼만데 그깟 입맞춤을 건너뛰는 거쯤이야.

함께 살아가는 부부간에 쌓여 가는 단단함은 위대하고 대단한 그 무엇을 함께 추구하는 데서 오는 게 아니라, 남들 앞에서 민망하고 부끄럽고 지저분한 그 무엇을 함께 공유할 때 생기는 게 아닐까.

약점이 더 이상 약점으로 보이지 않는 사이.

그런 의미에서, 이제는 탄력도 사라지고 섹시하지도 않고 엉뚱한 곳이 울퉁불퉁해져 버린 시들한 나의 몸을 온기로 품어 주는 남편에게 늘 고마운 마음이다.

사족.

결혼한 지 꽤 지나다 보니 가끔 듣는 질문.

"남편이 젊고 싱싱한 다른 여성에게 곁눈질하면 어떡해요?"

나의 대답은 "그깟 섹시함 쯤이야."

울퉁불퉁 나의 보디라인은 어차피, 섹시한 몸매와는 다른 회로로 접속한다.

그녀에 대해 알고 싶은
두세 가지 것들

"엄마… 이 사진 보니까… 내 귀가 엄마 귀랑 똑같이 생겼네."

"여태 몰랐냐? 옛날에 외할머니가 맨날 그 얘기했잖어."

"들은 거 같긴 한데… 어릴 땐 그런 말이 귀에 잘 안 들어오잖아. 신경 안 썼지."

"하긴 니가… 여자애 치고는 좀 무심한 편이지."

"내가 뭐가 무심해. 내가 무심했으면 엄마 이사하기 전에 짐 정리하는 거 돕는다고 이렇게 왔겠어? 주말이라 안 그래도 피곤한데."

"그러게나 말이다. 말두 안 했는데 니가 웬일이냐."

"기껏 온 사람한테 엄마두 하여간… 근데 이 사진 원래 이런 사진이었어? 이 사진 예전에도 본 거 같은데, 그땐 엄마 혼자 찍은 사진이 아니었던 거 같은데?"

"… 얘, 그놈의 사진 타령 그만하고 일 안 할 거냐? 안 할 거면 집에

빌헬름 라이블, 〈시골 처녀의 머리〉, 1880 무렵, 나무에 유채, 30×27.5 cm

가. 성가시게 하지 말구."

"누가 안 한대? 일 하다 사진 보고 한마디 한 거 갖구…. 아 맞다, 엄마, 안방 장롱 옆에 그건 뭐야? 그거부터 버려."

"장롱 옆에 뭐?"

"엄마가 쇼핑백이랑 포장지 같은 거 잔뜩 모아 뒀던데? 그거 버려야지. 이사 가는데."

"그걸 왜 버려. 쇼핑백 냅두면 얼마나 쓸데가 많은데."

"많기는 뭐가 많아~ 내가 꺼내 보니까 현대백화점 쇼핑백 옛날 꺼가 있던데 뭐. 거기 쇼핑백 바뀐 지가 언젠데 여태 갖고 있으면서. 그냥 버려 엄마. 그런 거 다 짐이야."

"짐은 뭐가 짐이야. 다 쓸데 있대두."

"아파트는 주택 같지 않아서, 지저분한 살림살이를 숨겨 둘 데가 없단 말야. 괜히 아깝단 생각하지 말구 팍팍 버리시라니깐."

"그럼 이사 취소할까? 안 그래도 아파트 생각하믄 숨이 탁탁 막히는데 관둬? 그러믄 나야 좋지."

"엄마는 무슨 말도 안 되는!"

"안 되긴 뭐가 말이 안 돼? 엄마가 20년 넘게 살던 집 버리고 떠나는 건 말이 되고, 알뜰살뜰 모은 살림 아까워하는 건 말이 안 되냐?"

"내 말은 그런 게 아니잖어~"

"아니면 입 다물고 얼른 일이나 해. 안 그래도 심란한데 속 시끄럽게 굴지 말구."

"알았어. 입 다물 테니까 성질부리는 건 그마안-!"

"엄마! 진지 잡수세요!"

"대충 국수나 끓여 먹자니까 뭘 또 밥을 차렸어."

"엄마는 국수가 편해? 난 국수가 더 귀찮더라. 된장찌개는 우르르 끓이면 땡이잖어."

"반찬은 또 왜 이렇게 있는 대로 다 끄냈어? 대충 먹지."

"근데 엄마… 반찬 꺼내면서 보니까… 엄마 아빠 입맛 바뀌었어? 옛날엔 뭐든지 칼칼하게 드시더니 지금은 그런 게 별로 없던데? 콩나물도 고춧가루 안 넣고 멸치볶음도 고추장으로 안 하고. 나이 드시니까 매운 거 싫어? 난 엄마식대로 칼칼한 게 좋은데."

"그런 거 먹고 싶으면 니 아들한테 말해. 칼칼한 거 좀 먹으라구."

"뭔 소리야?"

"애가 매운 걸 못 먹는데 어떡하냐 그럼. 너는 그 어린 걸 엄마한테 맡겨 놓곤 아무 생각 없이… 애 있는데 어떻게 음식을 뻘겋게 해?"

"… 그런… 거야? 몰랐네…."

"그러니까 니가 무심하다는 거야."

"… 이제 옛날처럼 칼칼하게 해 드시면 되겠네. 우리가 애 데려가니까."

"애가 손 제일 많이 갈 때 3년을 엄마한테 맡겨 놨다 데리고 가는 주제에 디게 위하는 척한다. 너~"

"이제 우리 집 옆으로 이사 오시면 내가 두고두고 효도할게."

"효도는 개뿔. 어차피 낮에 출근하면 니 아들 뒤치다꺼리는 내 차지야."

"그래두 애가 유치원 다니니까 한숨 돌리잖어."

"얼씨구~ 넌 어떻게 느이 아빠 같은 소리만 하냐? 느이 아빠가 그러더라. 빨래는 세탁기가 하고 밥은 밥솥이 하는데 힘든 게 뭐 있냐고. 니가 딱 그 짝 아냐. 애가 유치원 다니면 일이 없는 줄 알어?"

"에이 말 한번 잘못 꺼냈다가 밥 먹던 거 다 체하겠네."

"체하겠으면 숟가락 내려 놔."

"암튼 우리 엄만… 말 맵게 하시는 데 뭐 있어."

"내가 첨부터 이랬는 줄 알어? 느이 아빠랑 살면서 이렇게 된 거지."

"그나저나 아부진 어디 가셔서 여태 안 오셔?"

"삼각지 가셨어."

"삼각지는 왜?"

"거기가 액자를 싸게 판대나 뭐래나."

"액자? 무슨 액자?"

"니 아들이 그린 그림 넣는 액자 몇 개 맞추셨다. 애가 그림 잘 그린다구 얼마나 동네방네 자랑을 하시는지."

"역시 우리 아빠! 안 그래도 나한테 애가 그림 잘 그린다고 맨날 사진 찍어서 톡으로 보내신 거 있지. 누구 닮아서 그렇게 그림을 잘 그리냐고. 최 서방 닮은 거냐고 하시면서."

"느이 아부지가 그랬냐? 허-! 기가 맥혀서."

"왜? 뭐?"

"최 서방을 닮긴 뭘 최 서방을 닮어? 그림은 니가 잘 그렸지!"

"에이 나야 뭐… 그 정도는 아니었구…."

"애 보래, 아니긴 뭐가 아냐? 니가 학교 때 그림으로 받아 온 상장이 몇 갠데!"

"그거야 뭐 초등학교 때 얘기고… 중학교 때부터는 아니었잖아."

"넌 그놈의 미술 학원을 안 다녀서 그랬지 딴 애들처럼 학원 다녔어 봐. 그깟 사생 대회 같은 거야 휩쓸었지."

"…"

"느이 아부지는 애들이 뭘 잘하는지 뭘 좋아하는지 하나도 모르고 애들은 거저 크는 줄 알던 양반이야. 하긴… 돈도 없는데 애가 싹수가 보인다고 하면 뒷바라지할 생각에 겁두 났겠지. 돈이 있어야 말이지. 생전 가욋돈 버는 건 꿈도 못 꾸고 쥐꼬리만한 월급 받는 걸루 감지덕 지하던 양반이니… 에휴."

"… 아냐 엄마… 나 그 정도로 잘 그리진 않았어. 학원 다녀 봤자 별 거 없었을 거야."

"너두 그렇구 니 동생들도 그렇구 죄다 아빠 닮아서 그릇이 간장종 지만 하지. 욕심도 없구 바라는 것도 없구 그냥 지 앞에 주어진 것만… 정신 차려 이것아. 요즘 같은 시대에 애 키우려면 엄마가 야무져야 돼. 그래야 애가 큰물에서 쑥쑥 크지."

"알았으니까 엄마… 이제 밥 좀 드세요. 찌개 다 식네."

"어머 엄마… 지금 입고 있는 그 옷…?"

"옷이 뭐?"

"그거… 막내 대학 다닐 때 입던 과티 아냐?"

"맞는데 왜?"

"엄마가 왜 그걸 입고 있어?"

"애가 방 얻어서 나갈 때 버리고 가길래 내가 입었지 뭐."

"세상에 그게 언제 적 건데."

"언제 적인 게 무슨 상관이야. 멀쩡한데 입으면 그만이지."

"인터넷에서 자기네 엄마가 과티나 과잠바 입고 다니시는 거 보고 웃었다고 하더니 울 엄마가 딱 그러구 계시네~"

"그러게 비싼 등록금 내구 학교 다니면서 쓸데없이 옷들은 왜 그렇게 맞춰 입고 다니냐. 있는 옷 깨끗이 빨아 입으면 그만이지."

"같은 학교 다니는 애들끼리 옷 맞춰 입는 맛이 또 있다니까."

"니들은 좋았지. 그치만 형편 안 돼서 대학 못간 애들은 그런 거 보믄 얼마나 맘이 안 좋았겠냐? 아무튼 부모 잘 만나서 대학 다니는 것들이 철딱서니들이 없어 가지구."

"옴마~ 우리 엄마 NGO 하셨으면 잘하셨겠네."

"엄마가 뭘 한다구?"

"아냐. 농담이구… 엄마 여기 모아 놓은 쟁반들은 버려도 되지? 너무 오래됐다."

"그걸 왜 버려 멀쩡한데."

"너무 오래됐잖아. 이 쟁반엔 민자당◆ 국회의원 이름이 박혀 있어. 엄마 민자당이 언제 있었는지 기억이나 나?"

"기억이 무슨 상관이야, 쟁반에 빵구가 난 것도 아니구 금도 안 갔는데. 지금도 미나리 다듬고 멸치 다듬을 땐 그게 최고야. 큼지막해서 딱이라구."

◆ 1990년부터 1995년까지 존재했던 보수대연합 정당의 명칭

"엄마두 이제 이런 건 좀 버리면서 살아요. 아까도 말했지만 아파트로 가려면 이런 거 하나라도 줄여야지 안 그러면 짐 땜에 골치라니까."

"그러믄 니네 아빠 좀 내다 버렸으면 좋겠다. 여태 니네 아빠 밥해 멕이느라고 내가 아주 골치가 썩는다. 맨날 TV 보고 이런 게 몸에 좋다더라, 저렇게 해 먹으면 몸에 나쁘다더라, 잔소리가 얼마나 많은지. 딴 건 다 볼 거 없어도 입은 까다롭지 않아서 좋았는데 왜 그거마저 변하구 난리냐."

"나이 드시면 조심하는 게 좋지 뭐. 근데 진짜루 엄마두 플라스틱 그릇은 이제 안 쓰는 게 좋아요. 엄마 요즘도 뻘건 바구니에 국수 건지지?"

"그게 왜?"

"아휴 참~ 엄마 그거 당장 버려야 돼. 플라스틱에 뜨거운 거 닿으면 몸에 안 좋은 게 많이 나온다는 얘기 못 들었어요? 그게 얼마나 안 좋은데."

"엄마가 니네한테 그 바구니로 국수 건져 먹여서 어디 안 좋아졌냐? 병원 가니까 암이라도 걸렸다든?"

"얘기가 왜 또 그렇게 튀어?"

"아니면 니 귀한 아들 먹일 때 플라스틱으로 뭐 할까 봐 겁나냐?"

"엄마!"

"내가 니네만큼 배우진 못했어도 귀 막고 눈 감고 살진 않어. 진즉에 스텐레스 바구니로 바꿨고, 니 아들 국수 먹이고 물만두 끓여 먹일 땐 꼭 거기에 건져 먹인다. 됐냐?"

"…"

77

"그래 그 뻘건 바구니… 여태 갖구 있다. 의리는 사람한테만 있는 줄 알지? 나는 그 없는 살림에 니네 셋 먹이고 입히던 살림살이들이 고맙고 정들어서 의리 땜에 휙 갖다 버리지 못하는 거야. 혹시라도 뭐라도 쓸데가 있을까 싶어서 그런 건데 그게 그렇게 잘못이냐?"

"내가 몰라서 그런 거야, 엄마… 맘 푸세요."

"괜히 엄마한테 이래라저래라 유세 떨지 말고 집에나 가. 니 아들 며칠 전부터 극장에서 하는 만화영화 보고 싶다고 타령이더라. 그거나 보여 줘."

"안 그래도 최 서방이 데리고 갔어."

"좀 있으믄 아빠 오실 텐데 이렇게 널브러뜨려 놓은 거 보면 또 잔소리 한바탕할지 몰라. 나 혼자 후딱후딱 정리할 테니 넌 가."

"아빠가 오늘 엄마한테 잔소리하시기만 해 봐요. 나 가만 안 있을 거야. 울 엄마가 얼마나 고생하셨는데."

"흥! 와중에 애교냐?"

"응 맞아 애교. 그러니까 엄마… 우리 커피 한잔할까? 내가 달달하게 한 잔 타서 올릴게."

"나 커피 안 먹어. 자꾸 속 벌렁거린단 말야."

"에이 믹스 커피는 벌렁거리는 맛에 먹는 거지. 잠깐만 엄마. 내가 얼른 물 올릴게."

"엄마 이 사진… 나 정말 좀 헷갈리는데… 엄마가 이거랑 아주 비슷하게 하고 찍은 사진이 있지 않았어?"

"… 그건 또 용케 기억하네."

"그치? 맞지? 원래 좀 다른 사진도 있었지?"

"그게 아니라… 그 사진 원래… 느이 아빠랑 같이 찍은 거야."

"그래? 그럼 아빤 어디 갔어?"

"내가 보는 쪽에 아빠가 있었는데 잘랐어."

"어머 왜? 아빠랑 싸우고 찢어버린 거야?"

"그게 아니라… 엄마가 독사진이 하나도 없더라. 그래서 하나 만든 거야."

"정말? 독사진이 없었다구?"

"시집오기 전엔 집에 사진기가 없으니 사진 자체가 별로 없고, 시집 와선 아빠나 니네랑 찍은 사진뿐이라 독사진이 하나도 없드라구. 그래서 만들었지."

"설마 독사진 한 장이 없었을라구."

"그러믄 엄마가 너한테 그런 걸루 거짓말하랴?"

"그런 건 아니고… 그나저나 이때가… 언제야?"

"언제드라? 언제인지는 잘 모르겠는데 확실한 건 하나 있지. 니네 아빠가 꼴 보기 싫어지기 전이라는 거."

"픕–"

"부자도 아니고 인물이 좋지도 않은데 나가서 헛짓거리할 거 같지는 않았거든. 결국 헛짓거리만 안 했지 딴 걸로는 참 내 속을 많이 뒤집었지만서두."

"아빠는 엄마 처음 보구 어땠대?"

"알게 뭐냐? 어른들이 장가가라니까 갔겠지. 느이 아빠가 어디 미주알고주알 얘기하는 사람이든."

"아빠 요즘 변했어. 나한테도 맨날 톡 하시고. 애하고 있었던 얘기도 다 해 주시고."

"아무튼 이놈의 영감, 맨날 전화기만 붙들고 있다고 했더니 그 짓이었구만. 마누라한테는 생전 가야 따순 말 한 번 안 하면서."

"원래 남자들도 나이 들면 변한다잖아. 아빠가 엄마한테는 쑥스러워서 못하고 나한테 그러시나 봐."

"쑥스러운 거 좋아하네. 마누라라믄 징글징글해서 그렇지. 하긴 나두 그렇다."

"근데… 이 사진 보니까 엄마 머리 길었나 봐. 우리 자랄 땐 머리 기른 적 없잖아."

"니네 낳기 전까지는 길렀었어. 아침에 일어나서 머리를 쫑쫑 땋으면 기운이 바짝 나는 게 좋았거든. 한 번도 풀어 헤치고 다닌 적은 없어."

"왜? 머릿결 좋았을 거 같은데."

"팔자 좋은 여자나 머리 풀어 헤치고 모냥내고 다녔지 엄마는 일하느라고 맨날 땋고 다녔지."

"엄마 이때는 화장했어? 입술이 빨간 거 같애."

"느이 아빠가 루즈 하나 사다 주더라. 그래서 바른 거야."

"와~ 아빠가 화장품도 사 줬어?"

"화장품 사다 준 건 그게 처음이자 마지막이야. 그 루즈가 어디 있을 텐데."

"그게 여태 있다구?"

"가만있어 봐. 문갑 어디에 뒀을 텐데… 아 여기 있다!"

"엄마야~ 어디… 아우 냄새! 엄마 립스틱에서 군내 나. 기름이 다 썩었나 봐."

"당연하지. 너보다 나이 많은데."

"근데 거의 안 썼네?"

"안 썼지."

"왜?"

"아까워서."

"엄마, 이런 건 써야 안 아깝지~"

"내가 살아 온 게 그래. 아까워서 안 쓰고 그 다음엔 늙어서 못 쓰고. 늙었지만 여태 갖고 있었으니 못 버리고. 못 버린 거라도 있으니까 새 거 사긴 아깝고. 지금 보니 이래저래 참… 세월이 아깝네."

라이블 〈시골 처녀의 머리〉

그립고, 푸근하고, 안쓰럽고, 걱정되고, 고맙고, 답답하고, 맘에 걸리고, 기대고 싶고, 미안하고, 보고 싶고, 그러면서도 어떨 땐 슬쩍 모르는 척하고 싶기도 한 존재.

엄마.

엄마에 대한 감정은 덩어리째 쿵 눌러 오기도 하고 결결이 갈라져서 가슴을 날카롭게 찌르기도 한다.

그런데 가끔 생각한다.

엄마는 엄마로만 대하는 사람들을 보며 갑갑증을 느끼진 않을까.

우리가 엄마에 대해 갖는 묵직한 그 감정 때문에 엄마는 오히려 자신의 얘기를 맘 편히 해 본 적이 없지는 않을까.

빌헬름 라이블의 〈시골 처녀의 머리〉를 보며 그런 생각을 해 봤다.

라이블은 19세기 독일을 대표하는 사실주의 화가로 꼽히는데, 흙을 일구며 살아가는 농민들의 모습을 꾸미거나 과장하지 않고 화폭에 담아낸 것으로 유명하다.

세상에는 화려하고 경이로운 작품들도 많지만, 라이블의 그림을 보면 우직하게 그려 낸 그림이 주는 단단함이 느껴진다. 물감으로 그려 낸 이미지일 뿐이지만 삶이 느껴지고 마음이 감지된다.

언어를 훌쩍 넘는 말이 담긴 그림.

미술의 마법은 바로 이런 것이리라.

라이블의 작품 중에는 〈시골 처녀의 머리〉와 비슷한 제목이 붙은 작품이 몇 개 있는데, 유난히 이 그림에 끌린 이유는, 그림 속 여성이 풍기는 분위기 때문이다.
다른 화가의 모델들이 보여 주는 완벽한 비율과 매력적인 이목구비를 갖추진 않았지만, 수수하고 정직한 얼굴은 기억 속 누군가 한 명쯤 떠올리게 할 만큼 친근하다. 그리고 그 친근한 사람은 세상의 주인공이 돼 본 적도 없다. 재밌는 건 주인공이 아닌 얼굴을 화폭에서 만나면 오히려 특별하다는 거다. 그림에 담길 만한 특별함이 없어서 주인공이 안 됐던 탓에, 평범함은 오히려 색다르게 다가오는 것이다. 이건 마치 짙은 쌍꺼풀이 있는 큰 눈의 여배우들 틈에서, 쌍꺼풀 없는 눈의 젊은 여배우들이 각광 받는 것과 비슷하다랄까.

엄마들은 늘 엄마의 옷이 입혀진 채로 곁에 있다.
그래서 든든하고 그립지만 한 번쯤은 엄마를 다르게 보면 어떨는지.
그녀의 뺨이 발그레했던 시절엔 무슨 꿈을 꿨을지.
그녀는 어떤 이에게 마음이 끌렸을지.
반찬 냄새를 풍기기 전에 그녀에게선 어떤 향기가 났었을지.
엄마와 자식이 아니었다면 우리는 친구가 됐을지.

부고의
시세

물 위를 달리는 기적.

내비게이션 상에서 우리는 기적의 주인공이다.

"너 내비… 언제 업데이트했냐?"

"그게… 언제였더라?"

"업데이트를 안 해서 우린 지금 바다 위야."

업데이트 안 한 건 자동차에 붙어 있는 내비이다. 습관대로 켜 두긴 했지만 실제로 운전하며 보고 가는 건 핸드폰 어플이다.

"여기 언제 이런 다리가 생겼냐? 넌 와 본 적 있어? 난 처음인데."

"나도 처음이야. 너 알잖아 우리 부모님 서울 오신 거."

녀석과 나는 A시 출신이다. 서울에서 멀지 않은 바닷가 작은 도시.

같은 고등학교를 졸업한 우리는 둘 다 서울에 있는 대학에 진학했고, 졸업 후엔 고향 대신 서울에 자리를 잡았다. 우리의 아이들은 모두

레옹 스필리에르트, 〈다리에서 본 등대, 밤〉. 1907. 종이에 색연필, 크레용, 잉크, 은분. 36.9×49.8 cm

서울에서 출생신고를 했고, 나는 혼자이셨던 어머니가 돌아가신 다음부터, 녀석은 부모님이 서울로 이사 오신 후부터 몇 년 동안 A시에 올 일이 없었다.

멀지 않기 때문에 오히려 무심했던 고향.

그랬던 우리가 이 어두운 밤에 A시로 향하고 있는 건 부고 때문이다.

우리와는 달리 줄곧 고향에 살았던 동창 녀석 하나가 죽었다는 소식을 들은 건 오늘 점심 무렵이었다. 그 소식에 첫 번째 반응은 슬픔이 아니라 놀라움이었다.

우리 나이에 부모님 부고는 가끔 접해도 본인이 죽었다는 얘기는 처음이었다. 몇 명 되지 않는 동창들 사이에서 급하게 연락이 오고 갔고, 나와 친구 녀석 하나는 내 차로 급히 밤길에 나선 거다.

고향으로 가는 길을 40분쯤 줄여 준 다리는 낯설었다. 이렇게 쭉 뻗은 길을 달려 구불구불 낙후된 동네로 간다는 게 실감나지 않았다.

"야, 카톡 왔다… 얼른 오란다. 장례식장에 사람 없다구."

녀석은 전화기를 열어, 장례식장에 먼저 도착한 동창의 문자를 전해 줬다.

"사람 없대?"

"있겠냐? 걔가 외아들에다가 부모님 돌아가신 지도 오래됐지, 하는 일마다 족족 말아먹었지."

"일이 잘 안됐어?"

"나도 잘은 모르는데… 그 자식 피시방 하다 말아먹고, 치킨 집 하다가 말아먹고, 막판엔 아마… 그냥 이 일 저 일 닥치는 대로 했던 거 같더라고."

"그 자식 신세도 차암… 그래도 처갓집 식구는 있을 거 아냐?"

"넌 진짜 아무것도 못 들었구나. 걔 이혼했어. 손대는 것마다 털어먹고 애도 안 생기니까 결국 마누라가 못 버텼나 봐. 지금은 몇 년 전에 만난 여자랑 동거 비슷하게 했나 봐."

밤길처럼 깜깜한 얘기였다.

대수롭지 않게 술 몇 잔 하고 와서 자다가 갑자기 죽었다고 들었는데, 알고 보니 그 죽음에는 길고 긴 이유가 있었던 거다. 살아 있을 땐 각별할 게 없던 사이였는데, 죽고 나니 그의 삶 굽이굽이가 각별하게 안쓰러워졌다.

"하여튼… 걔 인생도 드럽게 꼬인 거 같은데… 그래도 그렇게 갑자기… 휴우-"

옆자리 녀석도 영 쓸쓸한 모양이다.

"근데 말야… 40대 돌연사 말만 들었지… 내가 아는 사람 중에 진짜로 40에 돌연사는 처음이다. 넌 어때?"

좀 전과는 다르게 녀석의 말투엔 미묘한 두려움이 담겨 있었다.

"나도 처음이야. 처음엔 내가 잘못 들은 줄 알았다니까."

"그치?… 기분이 이상하더라구. 드디어 우리도 시작인가 싶구. 그래서 생각해 봤는데…."

거기까지 말하고 녀석은 흘낏 어둠을 내다봤다.

"뭘 생각했는데?"

"넌 말야… 갑자기 확 죽어 버리는 돌연사랑 몸에 마비가 와서 평생 누워 지내야 하는 거 중에 하나를 고른다면 뭘 고를 거냐?"

"뭐어? 미친놈아 고르긴 뭘 골라. 그게 골라잡을 일이냐?"

"알아, 알아. 어느 쪽도 골라잡을 만한 일은 아닌데… 그래도 하나 골라잡는다면 뭘 고를 거냐고?"

"꼭 골라야 돼?"

"응 골라야 돼."

"… 으아 미치겠다. 죽는 것도 기막히지만 평생 누워서… 생각만 해두 끔찍하다."

"내 말이. 마누라랑 애 고생하는 거 다 보면서 난 아무것도 못하면… 아후~"

"그래도… 개똥밭에 굴러도 이승이 좋다잖냐."

"개똥밭도 개똥밭 나름이지. 약에 쓰는 개똥이면 그나마 괜찮지만 진짜 오리지널 개똥 같은 개똥이면…."

"야 그래도 오리지널이 낫지 않냐? 짝퉁 개똥은 너무 구리잖아~"

"그런가?"

우리는 짧게 웃었다. 하지만 이내 입을 다물었다. 우린 지금 죽은 친구를 보러 가는 길 아닌가. 구질구질하게 살다가 쓸쓸하게 친구의 죽음 앞에서 개똥 운운이라니.

"… 씨발, 죽은 놈만 억울하지."

옆자리 녀석은 창문틀에 팔꿈치를 올려 턱을 괴고 어둠을 내다봤다.

'카톡!'

두터운 침묵을 깬 건 카톡 알림음이었다. 친구의 주머니에서 울린 것이다.

녀석은 품 안에서 손바닥만한 빛을 꺼냈다.

"우리 언제 오냐고 톡 왔다."

장례식장에 먼저 가 있는 친구가 뻘쭘한 모양이다.

차는 아주 오래전부터 그랬다는 듯 어둠 속에 두 눈을 박고 꾸역꾸역 달리고 있다.

"우리… 한… 30분 정도 더 가야 될 거 같은데?"

핸드폰 내비는 우리가 만날 시간을 알려 주고 있었다.

"으이그 이 자식… 배고프단다."

"먼저 먹으라고 그래."

"지 혼자 먹기 싫대."

"어쩌라고."

"아 뇌 새끼… 하여튼 이 자식은 예나 지금이나 맨날 먹는 거 타령."

"사람은 안 변하는 게 좋아. 갑자기 변하믄 죽어."

"야 죽을 놈은 어차피 죽어."

오늘 밤엔 자꾸 뻑사리를 내듯이 죽음이 입에 오르내린다. 차 안에는 짧은 침묵이 흘렀다가 녀석의 전화기 버튼 음이 차오르기 시작했다.

틱틱 티디딕틱 티티딕틱 틱틱틱

"뭐라고 보냈어?"

"30분만 버티라고."

"너 진동으로 해라. 장례식장에서 핸드폰 울리면 꼴사납다."

"아 맞다."

"카톡!"

"뭐야 이 자식 또… 어? 클났다!"

"왜?"

"장례식장 ATM기가 먹통이래."

"괜찮아. 난 돈 찾아왔어."

"아 뇌 거기서 그게 고장 나믄 어쩌냐~ 난 돈 없는데."

"지갑 뒤져 봐. 얼마 있는지."

내 얘기에 녀석은 안전벨트에 묶여 움직임이 둔한 몸을 들썩여 지 갑을 꺼내 들었다.

"만, 이만, 삼만 원 있다. 나머지는 천 원짜리고."

"뒷자리에 내 재킷 있어. 거기 안주머니 봐봐. 지갑 있으니까."

운전대를 잡고 있는 나를 대신해서 녀석이 안전벨트를 풀고 뒷자리 로 팔을 뻗었다.

허리를 뒤쪽으로 틀 때, 팔을 뻗을 때, 녀석은 '끙~' 소리를 냈다. 녀 석의 두툼해진 뱃살과 옆구리 살이 비명을 질러 대나 보다.

"휴유~ 어디 보자. 야 너 돈이 왜 이렇게 많아? 요즘 짭짤하냐?"

"그게 아니라… 얼마 내야 할지 몰라서 일단 좀 많이 찾은 거야."

"얼마나 하려구?"

"한 20 해야 되지 않겠냐?"

"20? 좀 많지 않냐? 너… 니네 어머니 돌아가셨을 때… 애들이 얼 마씩 냈냐?"

"10."

"그래 10. 보통 친구 문상 때는 10 넣는 게 시세 아냐?"

"그렇긴 한데… 그건 부모님 돌아가셨을 때 얘기고 이번엔 친구 잖아. 친구 죽었는데 친구 부모님 때보다는 많이 넣어야 하는 거 아니냐?"

내 얘기에 녀석은 지갑을 뒤져 보던 손길을 멈추고 잠시 있었다. 뭔가 생각하는 거 같더니 내 지갑을 접어 두고 내 쪽을 향해 얼굴을 돌려 입을 열었다.

"야… 이게… 골치가 좀 아프다."

"뭐가?"

"만약에 친구 부모님이 돌아가셨어. 친구는 살아 있고. 그러면 당연히 20도 줄 수 있지. 너네 어머니는 몇 년 전에 돌아가셨으니까 인플레 생각하고 친구 처지가 딱하면 10 받았어도 20 줘도 돼. 그 돈은 어차피 친구 돕는 거니까."

"근데?"

"근데 친구 본인이 죽었어. 이러면 얘기가 좀 달라지지. 내 친구는 이미 죽었고 남은 건 가족이야. 그나마 부모님이 친구 장례를 치러 주는 거면, 어릴 적부터 뵀었고 늙은 부모님들 처지를 생각하면 딱하니까 드려도 괜찮아. 아니면 와이프하고 애가 남았으면 더 많이 줘도 돼. 그 어린 게 내 친구 씨인데… 걔 데리고 와이프가 살아야 되잖아. 그러니까 줘도 되지. 하지만 이 경우는 달라."

"걔네 부모님은 돌아가셔서?"

"부모님은 돌아가셨고 남은 건 달랑 동거녀 한 명이야. 우리랑 얼굴도 알지 못하고 앞으로 죽을 때까지 다시 볼 일도 없는 여자 한 명. 근데 우리가 그 여자를 위해서 많이 내야 하냐?"

녀석은 나름 열을 내서 얘길 했는지 혀로 입술을 훑었고, 자동차 빛은 새로 생긴 길바닥을 훑고 있었다.

그럴 듯하긴 한데, 알 수 없는 불편함이 있는 얘기였다.

쉴 새 없이 차바퀴가 돌 듯 우리 두 사람의 머릿속에선 뭔가가 돌고 있었다.

회전 속도를 먼저 늦춘 건 나였다.

"뭐 틀린 얘긴 아닌데… 그러면 애가 좀 딱하지 않냐? 사는 것도 그렸는데 장례식에 온 친구들도 짜게 굴면 그 여자가 걔를 어떻게 생각하겠어?"

"그건 그 여자 생각일 뿐이고."

하긴. 앞으로 다시 만날 일은 절대 없어 보이는 그 여자의 생각이 뭐 대수랴.

녀석은 몸을 틀어 앞을 향해 제대로 앉았다. 풀었던 안전벨트도 다시 했다.

왠지 녀석이 좀 낯설게 느껴졌다. 고향 친구 중에서는 그나마 가장 가깝게 지내고, 가끔씩 소주 한잔하면서 속 얘기도 하는 편이지만 과연 나는 이 녀석에 대해 얼마나 알고 있는 걸까.

이 녀석은 더 이상, 같이 야동을 보며 낄낄대고 머리를 안 감은지 며칠 되는지 서로 자랑하던 철부지가 아니었다. 굳이 돌아보지 않았지만 그의 얼굴에는 대출금과 카드 할부 그리고 아이들 학원비가 그려져 있다는 걸 안다. 내 얼굴에도 그려져 있으니까.

정체가 희미한 어색함 속에서 차는 조용히 굴러가고 있었다.

"출출하다. 너 차에… 먹을 거 좀 없냐?"

지루했는지 녀석이 입을 열었다.

"앞에 열어 봐. 뭐 좀 있을 거야."

녀석은 콘솔 박스를 열어 뒤적거렸다.

"야 너… 마스크가 왜 이렇게 많냐? 이게 몇 개야."

"우리 마누라가 미세 먼지라면 아주 진저리를 치거든. 먼지 많은 날엔 꼭 챙겨 줘서 그래."

"그렇게 챙겨 주는데 안 했어?"

"귀찮더라고. 그리고 나는 아파트 지하 주차장에서 회사 지하 주차장으로 왔다갔다하는데 마스크 할 새가 어딨냐. 그렇다고 점심 때 잠깐 나가면서 마스크 하는 것도 유난스러워 보이고. 받아만 두고 거기던져둔 거지."

"너 마누라 잘 얻었다. 서방 건강을 이렇게 챙겨 주냐?"

"됐고… 먹을 거 없어?"

"아냐, 여기 뭐 하나 있다… 이게 뭐냐?"

운전하면서 녀석이 부스럭대는 걸 힐끔 보니, 아내가 챙겨 준 견과류 과자였다.

"야 이거 진짜 맛있다. 달지도 않구. 니 마누라가 만든 거냐?"

"만들긴. 마누라 친구 엄마가 집에서 만들어 파는 건데, 재료가 믿을 만하대나 뭐라나. 퇴근하다 차 막힐 때 먹으라고 하나씩 넣어 준 거야."

"히야~ 니 팔자가 최고구나. 마누라한테 이렇게 대접 받구."

"먹기나 해."

"아무튼 니 마누라는 너랑 백년해로하고 싶나 부다. 마스크 챙겨 주고 몸에 좋은 간식 챙겨 주고. 우리 마누라는… 애들 결혼시키고 나면

93

갈라서재. 나랑 사는 거 지긋지긋하대."

"우리 마누라도 저번에 그러더라. 칠순 잔치는 따로 하재."

"근데 왜 이렇게 챙겨?"

"몰라. 갈라설 땐 갈라서도 자기가 쓸 동안엔 하자 없이 쓰고 싶나 부지. 나 병들고 아프면 지두 골치 아프잖아."

"근데… 몸에 좋은 거 챙겨 먹고 조심하면 뭐 하냐. 지금만 해도 그래. 이 깜깜한 동네에서 니가 핸들 한번 잘못 꺾으면 한 방에 끝이야. 산삼 녹용 과자를 먹었어두 소용없다니까."

아무래도 오늘밤 우리는 죽음에 뒷덜미가 잡혔나 보다. 무슨 얘기를 해도 결국엔 죽음으로 미끄러지곤 한다.

마흔에 이른 우리에게 죽음은 더 이상, 멀고 먼 남의 얘기가 아니라는 게 실감났다.

죽음은 추상적인 비극이 아니라, 누가 상가 집에 가야 할지 정하는 인간관계의 정산이고, 죽음 뒤에 남겨진 가족에 대한 호구조사이자 그가 남긴 부채와 부동산에 대한 감정평가 과정이며, 나한테도 언제 닥칠지 모르는 습격의 공포로 다가온다.

거기에 하나 더.

어쩌면 가장 중요할 수도 있는, 부의금 봉투에 얼마를 넣을지 따져 보는 회계의 과정이라는 거. 그러고 보니 우리도 아직 얼마를 넣을지 결론을 짓지는 못했다는 게 생각났다.

"야 그래서… 봉투엔 얼마 넣어? 10? 20?"

"얼마긴 뭘 얼마를 넣어. 10 넣자니까."

"알았어. 그럼 너 내 지갑에서 돈 빼 가."

"오케이. 나중에 계좌 이체할게."

녀석은 내 지갑에서 돈을 빼서 자신의 지갑에 넣었다.

"아무튼 시세가 없는 건 어렵다. 부모님 문상은 대충 10으로 시세가 정해져 있는데 본인은 아직 시세 형성이 안 돼서. 안 그러냐?"

녀석은 이제 별 감정도 없이 지껄여 댄다.

저 멀리 불빛이 보인다.

장례식장을 알리는 커다란 간판이다.

새로 생긴 다리가 우리를 예상보다 일찍 고향에 데려다 줬듯이, 친구의 때 이른 부고는 우리를 생각보다 빨리 죽음에 익숙해지게 만들고 있다.

주차장을 향해 서서히 차를 몰면서 옆자리 녀석에게 물었다.

"근데 너… 나 죽으면 얼마 낼 거냐?"

녀석은 안전벨트를 풀다 말고 나를 잠시 쳐다본다.

스필리에르트 〈다리에서 본 등대, 밤〉

레온 스필리에르트.

얼마 전 우연히 발견한 벨기에의 작가이다.

그림을 발견하고 누구 작품인가 싶어서 뒤졌는데 생소한 이름이었다.

고백하건데 지금도 작가의 이름을 '스필리에르트'로 발음하는 게 맞는지 '스필리아트'로 발음하는지 아니면 '스필리에르'로 발음하는지 정확히 모르겠다.

학교에서 배우거나 체계가 잡힌 공부가 아니다 보니 이렇게 근본 없고 우왕좌왕이다.

그나마 뒤져서 알아낸 건, 19세기 말부터 20세기 초에 걸쳐 활동했던 상징주의 작가이고 기존의 예술교육이 자신과 맞지 않는다는 생각에 독학으로 미술을 공부했다는 거 정도다. 하지만 그 작가를 모른다 해도, 미술사적인 평가를 알지 못한다 해도, 작품만으로 가슴이 뛸 수 있다는 거, 새삼 실감했다.

작가의 작품들은 대부분 어둡다.

그냥 어두운 정도가 아니라 심연이 보인다.

외롭고 고즈넉하다.

그렇게 그의 작품들은 고요하건만, 내겐 말을 참 많이 건넸다.

떠들썩한 수다가 아닌 낮고 우울하게 중얼대는 말.
삶의 굽이굽이에서 부딪히는 뼈아픈 한 순간을 기억하라고 건네는 말.
나는 손 하나 까닥 못하고 그의 작품들에 빠지고 말았다.

〈다리에서 본 등대, 밤〉을 처음 본 순간, 온몸으로 느껴진 건 속도감이다.
작가가 속도감을 느끼게 하는 장치를 해 두거나 암시를 그려 넣은 것도 아닌데 그랬다. 속도만 느껴지는 게 아니었다. 소리도 감지됐다.
저런 밤에 고속도로를 달리면서 눈으로 보고 피부로 경험했던 바로 그것들.
어둠 속으로 파고들듯이 달리면서 이대로 영영 어둠에 갇혀 버리는 게 아닐까, 쓸데없이 겁먹었던 순간 말이다.

나에겐 어색하고, 남들한테는 당연한 '중년'이란 시기를 맞으면 달라지는 게 있다.
겁이 많아지는 거다.
밤중이나 새벽에 전화벨이 울리기만 해도 생각지도 못한 부고를 듣는 게 아닌지 철렁 가슴이 가라앉고, 애를 보낸 학교나 학원에서 예고 없었던 전화가 와도 온몸이 긴장하게 된다. 겁먹을 게 많고 걱정이 많은 시기가 바로 그때다.
그림처럼 밤길을 달리는 장면을 봐도 그렇다.

펄펄 끓는 20대 초반이었다면 계획에 없던 밤 여행을 떠나는 걸 상상할지 모르지만, 30대 후반부터는 갑작스런 부고를 듣고 먼 곳으로 밤길을 달려가는 걸 떠올리는 게 그다지 어색하지는 않을 거다. 누구나 한 번쯤 경험이 있을 테니까. 더군다나 부고의 주인공이 동료이거나 친구였을 때의 황망함이란. 그건, 공포를 넘어선 감정이입이다.

어쩌면 나는 간발의 차로 운 좋게, 그 알 수 없는 심연에 빠지지 않은 것일 수 있다는 두려움. 또 안도감.

그 양가兩價적 감정의 파고가 덮쳤을 때 당신 머릿속에 가장 먼저 떠올리는 건 무엇인지.

경고 :
저수지 내 출입 금지

입안에 뭐가 들어왔다.

날파리다.

손바닥에 뱉으니 침에 젖은 날파리 한 마리가 비굴하게 뻗어 있었다. 그걸 잠시 바라보던 여자는 옆에 있는 나무에 손바닥을 쓰윽 문질렀다.

손바닥에 남은 청록색 흔적을 보며 세상엔 우스운 생명체도 있는 법이라는 생각이 든다.

저수지 혹은 호수는 오늘도 뭉근한 악취를 풍긴다.

원래는 동네 애들이 첨벙거렸을 작은 물가였는데 신도시 아파트를 세운다고 법석을 피우고 나자, 처치 곤란하고 엉뚱한 저수지가 생겨났다.

칼 몰, 〈트와일라잇〉, 1900, 캔버스에 유채, 80×94.5 cm

처음엔 번드르르한 이름을 갖다 붙이고 호수라 부르며 수질을 관리한다~ 산책로를 만든다~ 요란을 떨었지만 몇 년이 지나자 관리 당국에선 슬그머니 발을 뺐고, 지금은 아무도 찾지 않는 악취의 웅덩이가 되었다.

날파리 떼가 물안개처럼 자리 잡고 있고, 여름이건 겨울이건 1년 내내 축축하게 썩어 가는 곳.

여자는 그곳이 맘에 들었다.

찾는 이가 없어서 좋았고 기괴하게 뒤틀린 생명력이 맘에 들었다.

물 상태로 봐서는 일찌감치 썩어 들었어야 할 나무들이 뻔뻔하게 시퍼런 잎을 피워 내는 풍경이 묘하게 시선을 잡아 끈 것이다. 여자는 틈만 나면 그곳에 와서 눅눅한 평화를 누렸다.

오늘도 한 시간쯤 저수지를 서성댔을까.

이제 그만 됐다며 발길을 돌리는데 저수지에서 뭔가 보였다. 청록색 젤gel로 가득한 저수지 수면에 손바닥만 한 물고기가 허연 배때기를 내밀고 떠 있는 것이다. 꼴에 물고기라고 겹겹이 박힌 비늘이 한심해 보였다. 저 비늘은 어디로든 헤엄쳐 갈 수 있는 프리패스인데 왜 저걸 온몸에 박고도 여기로 흘러와 저 꼴을 당한 걸까.

'멍충아, 그러게 왜 하필 여기로 왔냐.'

여자는 발에 차이는 돌을 저수지로 툭 차 넣고 돌아섰다.

"아~ 잘 먹었다! 오늘 시금치가 괜찮네~ 너무 삶아서 문드러지지도 않았고, 덜 삶아서 풋내가 나는 것도 아니고 딱 좋아!"

배달된 점심 식사를 마친 부장이 트림하듯 지껄여 댄다.

"우리 마누라는 왜 시금치를 이렇게 못 삶나 몰라. 솥뚜껑 운전한 지가 몇 년인데."

회사 지하에 있는 밥집에서 시금치 무침이 나올 때마다 하는 저 소리. 그는 지겹지도 않은지.

"밥 잘 먹었으니… 나 커피 좀."

이 회사에서 일하는 13년 동안 들었던 한결같은 말이건만, 여자는 아직도 커피 달라는 말을 들을 때마다 속이 울렁댄다. 커피는 단지 커피가 아니기 때문이다.

회사의 본사는 다른 도시이다 보니, 사장이 사무실에 오는 건 1년에 몇 번 안 되고, 다른 직원들은 모두 외근을 나간다. 사무실의 서무와 경리 그 밖에 잡다한 업무는 여자와 부장의 몫인데, 부장이 처음부터 부장은 아니었다. 처음에는 과장. 몇 년 지나니 차장. 그리고 4년 전부터는 부장. 하지만 여자는 처음 일을 시작했을 때나 지금이나 '여직원'일 뿐이다.

정작 회사가 돌아가게 만드는 일을 누가 더 많이 처리하는지, 외근 나간 직원들이 찾는 사람은 누구인지 그런 건 중요한 게 아니다. 부장은 사장의 친척 동생이라는 게 중요할 뿐.

여자가 내내 '여직원'으로 사는 동안, 과장이었다가 차장이었다가 부장이 된 사장의 친척 동생은 점심을 먹고 나면 항상 "나 커피 좀."이라고 말한다. 그러면 여자는 믹스 커피를 타서 그에게 갖다 주고, 커피를 받아 든 친척 동생은 여자에게 안마를 시킨다. 뒷목과 어깨를 주무르게 하는데, 처음엔 안마해 달라는 말을 했지만 이젠 따로 그 말을 하지도 않는다. '커피 좀'이란 말에는 이미 안마해 달라는 말까지 숨어 있다는 걸 아니까. 그리고 그 말 속에는 '안마를 받으며 내가 널 좀 주무르겠다'는 의미도 포함돼 있다는 것도 아니까.

　오래전 일이건만 그날의 기억이 또렷하다. 13년 전 아직 과장이었던 친척 동생은 커피를 달라고 하더니 안마를 시켰다. 스물두 살이었던 여자는 그 말만으로도 충분히 당황스러웠지만 문제는 그다음이었다.
　의자에 앉아 있던 과장은 여자에게 자신의 오른쪽으로 와서 어깨를 주무르라고 하더니, 다가온 여자의 치마 속으로 손을 쑥 넣었다. 스물두 살의 여자가 비명을 지르며 뒤로 물러서자 과장은 대수롭지 않은 표정으로 말했다.
　"걱정 마, 팬티 속엔 안 넣을게."
　눈빛을 번들거리며 그녀를 잡아당기는데 여자는 턱이 덜덜 떨리도록 무서웠다.
　사무실엔 이 사람과 나뿐인데.
　이 사람은 사장의 친척 동생이라는데.
　대학도 안 나온 내가 취직할 데는 여기뿐인데.
　과장은 그날 커피를 천천히 마시며 안마를 받는 내내 여자의 허벅지를 쓰다듬고 주물렀고 커피를 다 마시고 나자, 얼굴이 좀 상기된 채로 화장실에 갔다. 화장실에 갔던 과장이 뭔가 개운한 표정으로 손을 닦으며 들어오는 걸 보자, 여자는 점심으로 먹은 제육볶음이 위에 닿기도 전에 역류해 오는 걸 느꼈다.
　그날 저녁 퇴근할 때는 내일부터는 출근하지 않으리라 결심했지만,

집에 가서 술이 불콰해진 어머니의 얼굴을 보자 마음을 바꿔 먹어야만 했다.

"니 동생 징역 살게 생겼다. 사람을 또 때렸대!"

뻔한 불행과 뻔한 가난.

신파 드라마나 뉴스에 너무 많이 나와서 뻔하디 뻔한 스토리이건만 여자는 익숙해질 수가 없었다.

익숙해져서 슬그머니 긴장을 풀고 있으면, 여봐란듯이 불행이 줄줄 새 버린다. 여자는 누수된 불행을 뒤치다꺼리하느라 회사를 그만둘 수도 없었고, 과장에서 차장 다시 부장으로 변신하는 사장의 친척 동생의 손길을 뿌리치지도 못했다. 불행 중 그나마 다행인 건, 처음 말한 대로, 그의 손이 팬티 속까지 들어오진 않았다는 점 정도다.

"남자들은 뭐하나 몰라. 요즘 보기 드물게 이렇게 얌전하고 고분고분한 아가씨를 서른이 넘도록 혼자 냅두고 말이야."

부장은 눈을 지그시 감고 여자의 허벅지를 주무르며 끈적하게 말한다.

'개자식'

여자가 속으로 중얼거리는데 부장은 갑자기 눈을 뜨고 한마디 덧붙인다.

"시금치 잘 삶지? 일하는 게 야무진 거 보면, 손맛도 좋을 거 같단 말이야."

그러면서 손이 팬티 쪽으로 다가오는가 싶었는데, 사무실 전화가 울린다.

"사장님 전화일 거예요. 오늘 오후에 오신다고 했잖아요."

"아 맞다! 얼른 창문 좀 활짝 활짝 열어. 반찬 냄새날라."

부장은 퍼뜩 정신이 든 듯 자리에서 일어나 괜히 머리를 쓰다듬는다.

여자는 창문을 열며, 13년간 신뢰 아닌 신뢰를 보여 줬던 부장의 손이 더 이상 욕심을 부리지는 않길 기원한다.

"이것아 내가 너 힘든 거 알아. 당연히 알지. 알지만 어쩌겠냐. 내가 오죽하면 이러겠어. 너 내 사정 뻔히 알잖아."

그날 저녁 퇴근길 전철에서 받은 전화에서 여자의 엄마는 또다시 우는 소리다.

엄마는 도대체 몇 번째인지 알 수도 없는 '투자'를 하겠단다.

엄마는 '투자'라는 말의 뜻이 뭔지 제대로 알기나 하는 걸까?

어릴 때 여자는, 나이 많은 여자는 무조건 '이모'라고 부르는 줄 알았다.

좁아터진 집인데도 화장품 냄새나 담배 냄새를 풀풀 풍기는 아주머니들이 수도 없이 드나들었고, 그들을 모두 '이모'라고 불렀기 때문이다.

화장품 냄새가 나건 담배 냄새가 나건 이모들은 한결같이 밤늦게까지 술을 마시거나, 화장도 지우지 않은 채 팬티만 입고 아무 데나 널브러져 자곤 했다. 예전엔 그렇게 술을 먹거나 화투를 치는 게 전부였는데, 언제부턴가 엄마와 이모들은 '투자'를 하러 다니곤 했다.

요란한 넥타이를 맨 수상한 아저씨들한테 투자하고, 건강식품 다단계에 투자하고, 한 번도 가 보지 않은 시골 땅에 투자하고, 자고 일어나면 투자를 해 댔지만 투자로 벌어들이는 돈은 하나도 없었다. 아니 있었다고 해도, 그건 여자가 맛볼 수 있는 과실이 아니었다.

여자의 역할은 쥐어짜듯 돈을 모아 엄마에게 송금하거나, 투자가 잘못됐을 때 뒷수습하는 게 전부였다. 여자는 가난한 은행 노릇을 하느라 지쳐 있었다.

"엄마, 이번엔 정말 안 돼. 이모들한테 부탁해 봐. 석 달 뒤엔 집 계약이 끝나는데 지금 돈으론 턱도 없단 말이야. 여윳돈을 갖고 있어야 나도 월세를 올려 주던가 집을 옮기던가 하지."

"계약 끝나? 증말루?"

"내가 거짓말하겠어?"

"그럼 있잖아, 너… 이참에 아예 집 빼서 엄마랑 합치면 어떠냐? 그러면 집 보증금도 쥘 수 있고, 너 다달이 월세 빠지는 것두…."

거기까지 듣고 여자는 소리가 잘 안 들린다며 전화를 끊었다. 따로 살림을 차린 여자의 집을 노리는 엄마의 말은 이미 여러 번 들었다. 하지만 여자는 혼자 사는 그녀의 공간을 포기할 수 없다. 동생과 엄마와 함께 지내는 건 상상만으로도 아찔하다.

여자는 가족에게 주소도 알려 주지 않을 정도로 철저했다. 가족에 대한 의무는 힘겨운 송금만으로도 충분하다. 엄마가 여자를 괴롭힐 수 있는 북방 한계선은 그녀의 월셋집 이남이란 걸 모르는 걸까. 그걸 넘어온다면 여자도 무슨 일을 저지를지 모를 일이다.

소나기.

어이없는 공평함 덕에 저수지에도 비가 내린다.

비가 오는 날 저수지 풍경을 보는 일이 자주 있지는 않지만, 그 광경을 볼 때마다 여자는 헛웃음이 나온다. 빗방울이 떨어지는 족족 물결을 그리고 있는 수면을 보면, 썩어 가는 구정물이 당당한 자연인 양 흉내를 내는 거 같아 가소롭기까지 하다. 마음껏 비웃어 주고 싶은 기분이 들지만 여자는 저수지를 좋아한다.

저수지의 비릿한 풍경은 그녀가 사람한테서 느낄 수 없는 친근함과 편안함을 안겨 주기 때문이다.

번쩍거리고 화려하기만 한 세상에서 뚝 떨어져 나와 초라하고 더러운 것들이 모여든 비밀의 안식처.

여자는 저수지에 올 때면 자신도 풍경의 일부가 되는 걸 느낀다.

'여기서는 부끄럽지 않아. 아무것도 참지 않아도 돼.'

여자는 전화기를 꺼내, 어제 도착한 문자 메시지를 열어 보았다.

> [Web 발신]
> 신한 06/29 14:21
> 907−05−***398
> 입금 400,000원
> XXX
> 잔액 8,573,533원

여자는 잔액의 숫자를 하염없이 바라본다. 8,573,533원이 모이도록, 부장의 눈길을 피하고, 장부를 조작하고, 숨조차 크게 쉬지 못했던 순간이 얼마나 많았던가.

입금된 40만 원 역시 떨리는 손을 주물러 가며 조금씩 회사에서 빼낸 돈이다.

무능한 부장이지만 혹시라도 돈이 새는 걸 눈치챌세라, 똑똑 떨어지는 물 한 방울을 모으듯 조심 또 조심했다. 그녀가 사무실에서 받는 모욕과 버거운 노동에 비하면 이 정도는 당연한 거라고 생각한 지 오래다. 조금 있으면 천만 원이 되겠지. 여자는 엷은 미소를 지으며 전화기를 주머니에 넣는다.

풍덩!

청록색의 물결이 튀어 오른다.

돌아보니 우비를 입은 사내아이가 물가로 돈을 던지고 있다. 동네 아이가 어쩌다 보니 여기까지 온 모양인데, 저런 철부지하고는 일분일초도 이곳의 풍경을 공유하고 싶지 않다.

"애, 너! 가! 얼른!"

여자가 빽 소리를 지르자 아이는 입을 쭉 내민다.

"왜요? 아줌마가 여기 주인이에요?"

"너… 까불다가 똥물에 한번 빠져 볼래?"

여자가 짐짓 발을 앞으로 내딛자 아이는 으아~소리를 지르며 내뺀다.

여자는 다시 고요해진 풍경이 마음에 든다. 마치 저수지의 여신이라도 되는 양 의기양양한 기분이 들었다.

"어… 엄마?"

퇴근한 뒤 느긋한 여름 저녁.

갑작스러운 초인종 소리에 문을 여니 여자의 엄마와 웬 낯선 중년의 남자가 문밖에 서 있다.

"으이그~ 이놈의 계집애~~ 왜 이리 뜸했어? 집을 내놓을 거면 엄마부터 불러야지~"

엄마는 여자를 밀치고 막무가내로 집에 들어온다. 중년의 남자는 "실례합니다." 하며 신발을 벗고 들어오더니 번들대는 눈알을 굴리며 집을 둘러봤다.

"집을 깨끗하게 쓰셨네요. 살림도 별로 없고. 이 정도면 집 금방 빠질 겁니다."

"그렇죠? 얘가 어릴 때부터 워낙 깔끔을 떨었어요."

"그럼 물건 올리겠습니다. 집 보러 오는 사람 있으면 연락드릴게요. 제 명함은 여기 있고요.. 연락은 아가씨한테…?"

"아녜요, 저한테 먼저 연락 주세요! 제 번호는 아까 드렸죠? 사장님~ 이 집부터 잘 부탁드려요. 저희가 좀 급해서 그래요~"

여자가 끼어들 틈도 없었다.

여자의 얼굴이 돌처럼 굳어지는 걸 보며 엄마는 부동산 사장을 쫓아내듯 내보냈다.

"미쳤어? 내가 이 집에서 왜 나가?"

여자가 씹어 뱉듯이 말하자 엄마는 표정이 확 변했다. 좀 전에 부동산 사장을 대하는 표정과는 완전히 다르게, 싸늘한 비늘이 온 얼굴에 뒤덮인다.

"이것아. 이 정도 집이면 얼마든지 엄마 좀 도와줄 수 있잖아."

"여긴 어떻게 알았어?"

"니네 회사로 전화했지. 옛날부터 다니던 데라서 뒤지니까 번호가 나오더라구. 너한테 택배 좀 보내려는데 주소를 잃어버렸다, 급하다 하니까 니네 부장이란 사람이 금방 알려 주던데? 목소리 들으니까 사람 유들유들하고 괜찮은 거 같드라. 일하긴 어때?"

　그다음 몇 분은 여자의 기억에서 조각조각 흩어져 버렸다.

　여자가 소리를 질렀던 것도 같고, 엄마 역시 악을 쓰며 나갔던 거 같다.

　정신을 차리고 보니 여자는 집에 혼자 남아 있고, 많지 않은 집 안 물건은 박살이 나서 뒹굴고 있었다.

　여자가 물건을 집어던지며 날뛰던 모습이 섬광처럼 몇 컷 여자의 머리를 스친다.

　여자는 잠시 멍하게 있다가 물건들을 치우던 중 명함을 발견했다. 엄마가 흘리고 간 부동산 명함이다. 허겁지겁 전화기를 들었다.

　"사장님, 조금 전에 보고 가신 집인데요. 집 좀 빨리 부탁드려요. 이사하는 곳도 사장님께 맡길 게요. 대신 연락은 꼭 저한테 해 주셔야 돼요. 엄마 말구요."

　"어? 회사 그만두는 거 아니었어? 에이 난 또. 어머님이 전화해서 자네 퇴직금을 꼬치꼬치 묻길래 퇴직하고 시집이라도 가나 했지. 근데… 아니었구나?"

　어느 날 오후.

　부장과 몇 마디를 나누던 여자는 하마터면 비명을 지를 뻔했다. 엄마는 이제 먹이를 바꾼 것이다. 그녀의 퇴직금에 입맛이 당기는지 여자 몰래 전화로 퇴직금을 꼬치꼬치 묻더란다.

　"부장님 저 안 그만둬요. 저희 엄마 애긴 신경 쓰지 마세요"

　"하긴 지난번엔 자네 주소도 모르시고… 자네… 엄마랑 틀어진 거야?"

"… 그걸 꼭 아셔야겠어요?"

"아니, 뭐 알고 싶다기보다도…"

"저희 엄마, 미쳤어요. 미친 사람 상대하기 싫으면 다음부턴 전화 받지 마세요."

여자의 말에 부장은 어안이 벙벙한 표정이다. 무료하던 차에 느물 대며 얘기를 캐내려다가 똥 무더기라도 밟았다는 얼굴이다.

머쓱해진 부장은 괜히 서류를 뒤적이기도 하고 전화기를 열어 보기도 하더니 사무실에 새로 온 젊은 여자에게 눈을 돌린다.

"저 언니가 말은 좀 독해도 일은 무지무지 똑 부려져. 그러니까 잘 배워."

"네에… 선배님이 계셔서… 다행이에요."

며칠 전 새로 들어온 여직원은 모기만 한 소리로 수줍게 말한다. 얼마 전 사무실에 들른 사장이 인력이 부족해서 안 되겠다며 직원을 한 명 새로 뽑은 것이다.

스물세 살. 염색도 하지 않은 까만 생머리 단발. 화장기라곤 촌스러운 분홍 입술뿐.

생리는 하고 있겠지?

여자는 자신과 띠동갑의 후배를 보며 왠지 안쓰럽기도 하고 갑갑하기도 했다. 세상에 첫발을 내딛던 무렵 자신이 느꼈던 황망함과 무력감을 그대로 보는 거 같아서이다.

"가만있어 보자. 누가 은행 좀 다녀와야겠는데…."

부장이 여자를 힐끔대며 괜스레 헛기침을 한다.

그 부자연스러운 움직임에서 뭔가 느꼈어야 하는데. 여자는 그걸 놓치고 만다.

새 직원을 뽑으면서 사장이 선심 쓰듯 여자에게 던져 준 '계장'이라는 직함 때문이다. 그래 봤자 월급 몇 만 원 오른 게 전부였지만 여자는 왠지 들떴다. 아무도 알아주지 않는 계장이라는 초라한 타이틀이지만 그녀의 세월이 작은 보상을 받는 거 같았으니까.

여자는, 바람을 쐬며 엄마 때문에 생긴 찜찜한 기분을 털어낼 겸, 은행에서 가까운 스타벅스에 가서 동료들에게 선심도 쓸 겸, 사무실을 나섰다.

날은 무더웠지만 은행 가는 길은 나쁘지 않았고 스타벅스에서 주문을 하고 기다릴 때는 기분이 한결 좋아졌다.

깨끗한 흰 셔츠에 멋스러운 넥타이를 맨 남자들.

요란하진 않지만 은은한 멋이 풍기는 여자들.

애플 로고가 박힌 노트북을 꺼내 놓고 뭔가에 열중하는 젊은이들.

그 속에 있으니 자신도 그들과 비슷하게 보일 수 있을 거라는 생각이 들었다.

부장을 위해서는 캐러멜 마끼아또 아이스 한 잔. 순진 덩어리 후배를 위해선 이름도 왠지 어울리는 핑크 자몽 피지오 아이스 한 잔. 그리고 여자를 위해선 나이트로 콜드 브루 한 잔. 그게 뭔지는 잘 몰라도 이런 날엔 그 정도 사치는 괜찮다 생각했다.

어느 영화에서 보던 뉴욕의 멋쟁이처럼 종이로 만든 캐리어에 음료수를 담아 횡단보도를 건너고, 사무실이 있는 빌딩의 우중충한 엘리베이터를 타고, 페인트칠이 조금씩 까지기 시작한 사무실 문을 연 순간, 여자는 온몸의 피가 싸늘해지는 걸 느꼈다.

여자가 들어서자 의자에 앉아 있던 부장이 허둥지둥 몸을 일으키며 자세를 고쳤고, 부장 옆에 서 있던 여자 후배는 울음을 터뜨리기 일보 직전의 표정으로 치마를 쓸어내리고 있었던 것이다.

부장은 점심과 커피 한 잔조차 건너뛰고 신참의 안마를 받고 있었던 모양이다.

"어, 왔어? 덥지? 그건 뭐야? 아이구 스타벅스 사 왔어?"

부장은 입에서 튀어나오는 대로 주워 넘기고 있었다. 여자는 대꾸도 하지 않고 신입을 바라봤다.

얼굴이 빨개진 채 자리에 앉은 신입은 단발머리를 연신 뒤로 넘긴다. 그러는가 싶더니 눈물 한 방울이 뚝 떨어져 신입의 블라우스를 적신다.

"내 건 뭐야? 크림 있는 이건가?"

음료 캐리어에서 부장이 캐러멜 마끼아또를 꺼내려는 순간, 여자는 들고 있던 음료수를 바닥에 내던졌다. 부장과 신입이 깜짝 놀라 돌아보자 여자는 신입을 향해 소리쳤다.

"멍충아, 그러게 왜 여기로 왔냐!"

그리곤 겁먹은 눈으로 그녀를 바라보는 신입의 손목을 낚아채서 사무실 밖으로 내쫓았다. 쫓아내고 보니 신입의 가방이 눈에 띄어서 그것도 얼른 복도로 던졌다.

"너 그러다 잘못하면 똥물에 빠져!"

여자는 모든 힘을 쥐어짜 미친 사람처럼 외쳤다.

몰 〈트와일라잇〉

'누구나'라고 말은 못 하겠지만, 많은 이에겐 자신만의 늪 혹은 저수지가 있다고 생각한다.

질퍽대거나 뭉글대는 젤gel 상태로 변해 버린 덩어리.

처음에는 맑고 깨끗한 나만의 옹달샘이었던 것이, 세월의 겹을 뒤집어쓰면서 뭔가 가라앉고 썩어 들어가면서 늪으로 변해 버리는 그 무엇 말이다.

그곳에 가라앉은 건, 분노일 수도 있고 미움일 수도 있고 사랑받지 못한 외로움일 수도 있을 것이다.

맑은 물을 유지하려면 끝없이 새로운 물이 들어오고 신선한 공기도 필요하겠지만 내 안의 늪은 자신만의 그늘에 몰래 가두기 때문에 그러기가 힘들다.

가끔은 그곳으로 누군가를 불러내 위로도 받고 그곳이 썩어 든 이유를 고백하고 싶지만 그러기엔 용기가 나지 않는다. 그러려면 나를 보여 주고 설명해야 하는데, 다른 이에게 나의 치부를 드러내서 이해받는다는 게 어디 쉬운 일인가.

결국 그 늪은 혼자만의 외로운 장소이자 한편으로는 다른 이의 시선을 벗어난 숨어 있기 좋은 방이 되기도 한다.

이 그림을 처음 봤을 때의 느낌이 바로 그랬다.

깊이를 가늠할 수 없는 물 덩어리에 시퍼런 생명을 뿌리내린 나무들.

살면서 입은 무수한 상처를 차곡차곡 모아 두고, 그걸 서글프지만 억센 삶의 원동력으로 삼는 이의 얘기를 떠올린 거다.

작품을 그린 칼 몰은 우리나라에는 대중적으로 널리 알려지지 않았지만 클림트 등과 함께 빈 분리파Vienna Secession를 이끈 오스트리아의 화가이다. 작용/반작용이 끝없이 일어나는 미술의 역사를 생각하면 보수적인 주류 화단에 반기를 든 분리파의 등장은 자연스러운 일이겠으나, 훗날 칼 몰이 나치를 지지하고 결국 2차 세계대전이 끝났을 때 자살로 생을 마감했다는 걸 알게 되면 왠지 머리가 좀 복잡해진다.

그가 처음 생각했던 새로운 비전은 과연 무엇이었을까. 몰이 꿈꿨던 새로움이란 게 실은 나치즘이라는 무시무시한 광기와 궤를 같이 한단 말인가.

작가의 얘기를 알고 나서 그림을 다시 보면 왠지 더 가슴이 서늘해진다. 물론 그가 살았던 인생의 궤적과 그림이 어떤 함수관계에 있는지는 모르지만, 상상의 잔뿌리는 그렇게 슬금슬금 뻗어 간다.

**바람이 부르는
이름**

누군가 자꾸 부르는 것 같은 기분에 여인은 창을 열었다.

뜰에는 바람이 불고 대나무가 흔들리고 있다. 바람에 나부끼는 댓
잎을 보니 누군가 떠오를 것만 같다.

'누구지?'

생각하려 해도 쉽사리 떠오르지 않는다. 바스락 소리를 내며 흔들
리는 대나무는 분명 누군가를 말하고 있는 것 같은데 그가 속삭이는
이름은 들릴 듯 들리지 않는다.

'누구더라?'

여인은 한동안 뜨락을 내다보다 이내 문을 닫았다. 차가운 바람이 어
느새 여인의 어깨를 툭 치고 들어와 방 안까지 넘보려 했기 때문이다.

방안은 단정하다.

낮은 반닫이 장과 농, 반짇고리와 서안◆, 작은 경대 하나 그리고 호

탄은 이정. 〈풍죽도〉. 17세기 초반. 비단에 수묵. 127.5×71.5 cm

롱불이 전부다. 모든 물건은 조촐하고 화려하지 않다.

여인은 창을 열기 전에 읽던 책으로 다시 시선을 떨궜지만 글이 눈에 들어오지 않는다.

아무리 읽어도 가슴이 뛰지 않는 글.

여인에게 주어진 책은 그런 것뿐이다.

여염집 아낙이 갖추어야 할 생활 태도와 행동거지에 관한 책. 혹은 아이들을 가르칠 때 염두에 둬야 할 덕목들에 관한 것들.

책을 덮고 한편으로 밀어 두고 싶지만 그나마 그것이라도 읽어야 시간이 갈 참이다.

그 집에선 시간이 유난히 천천히 흐른다.

아니 어떨 땐 시간이 아예 고여 있는 것 같다.

첫닭이 울기 무섭게 일어나서 집 안 구석구석을 살피고, 입맛이 까다로운 시어른들의 밥상부터 좀처럼 말이 없는 남편과 이제 막 아장아장 걸어 다니는 막내 아이의 서툰 수저질까지, 식구들의 삼시 세끼를 챙기다 보면 하루해가 언제 지나갔는지 알 수 없을 정도다.

장독과 장독 사이, 줄에 널린 빨래와 빨래 사이처럼 다른 사람의 시선이 닿지 않는 곳에 가면 여인은 낮은 한숨을 쉬며 생각한다. 처음 이 집 문턱을 넘어섰던 10년 전이나 지금이나, 이곳의 시간은 커다란 장독 안의 장처럼 걸쭉하고 고요하기만 하다는 것을.

◆ 독서용 작은 책상

책에서 미끄러진 시선을 이리저리 하릴없이 돌리던 여인은 문득 경대 속에 비친 자신을 발견한다. 흐트러짐 없이 단정하지만 생기가 꺼져 버린 낯빛.

여인은 남편이 이 방의 문지방을 넘었던 게 언제였나 생각해 본다.

지난봄 정원에 매화가 펑펑 터지던 어느 날, 그 향기에 취해 곁들인 술 냄새를 풍기며 방문을 넘은 후로 남편은 한 번도 여인을 찾지 않았다. 그날 밤 여인은 자신의 몸에서도 매화 향이 뿜어져 나오는 걸 느꼈지만 남편은 그때부터 지금까지 그 향을 다시 맡지 않은 것이다.

매화가 떨어지고 나서 천지가 시퍼렇게 물들었다가 이젠 아침저녁으로 제법 세찬 바람이 정원을 훑고 지나지만 여인의 매화 향은 여전히 겨드랑이 안쪽과 배꼽 언저리에 갇혀 있을 뿐이다.

지난봄 밤을 떠올리며 자신도 모르게 목과 옷깃 안쪽의 부드럽고 따뜻한 살을 문지르던 여인은 퍼뜩 손을 거둬들이고 반짇고리를 잡아당겼다. 그리곤 손이 기억하는 살결의 감촉을 잊으려는 듯이 황급히 바늘귀에 실을 밀어 넣었다.

부쩍 커 버린 큰 아이의 옷을 늘리려는 것인데, 얄궂은 바늘구멍이 시선에 잡히질 않는다. 침을 발라 한 번, 다시 침을 발라 또 한 번. 바늘구멍 앞에서 자꾸만 미끄러지는 실을 달래듯이 구멍 안으로 집어넣고 바느질을 시작한다.

적당한 간격으로 바늘을 찔러 넣으면 실이 그 구멍을 따라 쓰윽-

바늘을 다시 찔러 넣으면 그 뒤를 이어 또 쓰윽-

어느새 대나무가 불러 대던 이름이나 봄밤의 매화 향 따위는 잊고 오로지 바늘과 실의 한 걸음 한 걸음에 온통 정신이 팔린다.

바늘을 꽂을 때마다 손끝에 전해지는 옷감의 얇은 저항을 느끼며 어린 시절 친정어머니가 하던 말을 떠올린다.

사는 게 고단하고 머리가 복잡할 땐 바느질이 최고라던 말씀.

방 안 가득 목화솜 이불을 넓게 펼쳐 두고 커다란 바늘로 쓰윽 쓰윽 이불 홑청을 꿰매던 어머니. 또 어떨 땐 곱디고운 실을 한 올씩 뽑아 가며 비단 천에 과일이며 꽃이나 벌레들을 수놓던 어머니.

하지만 어머니, 살면서 느껴지는 그 많은 시름들이 그깟 모란꽃 몇 송이로 지워지던가요.

말할 수 없는 외로움이 원추리 몇 줄기로 달래지던가요.

처음과 끝을 알 수 없는 갑갑증이 물고기 몇 마리로 가라앉던가요.

바늘과 실의 궤적이 길어질수록 여인의 머릿속 생각도 꼬리가 길어 졌고, 문득 굵은 돗바늘을 길들인다며 머리에 대고 쓱쓱 긁으시던 어 머니를 뵌 지가 몇 년인가 하는 거에 생각이 미치는 순간 손가락 끝이 찌릿해졌다.

석류 알처럼 빨갛고 투명하게 맺히는 피 한 방울.

조금씩 부풀어 가는 핏방울을 멍하니 바라보던 여인이 얼른 손가락 을 입에 넣어 빠는 순간, 창밖에선 다시 그 소리가 들렸다.

아까보다 크고 선명하게 들리는 소리.

정신없이 창을 열어젖히니 아까보다 사나워진 바람이 대나무를 흔 들어 댄다.

그 순간 시퍼렇고 빳빳한 이파리가 바람의 힘을 빌려 불러 대는 이 름이 들려온다.

오랫동안 잊고 살았던 그 이름.

그것은 결혼하고 한 번도 불리지 않은 여인의 이름이다.

어린 시절 할아버지 곁에서 먹을 갈 때 할아버지가 다정하게 불러주시던-

어느 여름밤, 언니와 함께 이불을 뒤집어쓰고 누워 무서운 이야기를 주고받으며 큭큭 댈 때, 이제 그만 자라면서 아버지가 불러 주시던-

어린 시절 여인이, 바느질은 싱겁고 부엌일은 고돼서 재미없다고 입술을 내밀자, 엷은 미소로 머리를 쓰다듬어 주던 어머니가 불러 주시던-

시집오고 나서 처음으로 받아 든 언니의 편지 위에 먹물로 앉아 있던-

여인의 이름 말이다.

대나무의 목소리는 남자인지 여자인지 구별 안 되지만, 여인의 이름만은 이제 분명하게 들려왔다. 몇 번이고 글자를 겹쳐 쓰듯 점점 더 선명해진다.

이름을 부르던 바람은 이제 여인의 품으로 달려든다.

바람이 뽀얀 목을 거쳐 겨드랑이로 파고들어, 오랫동안 숨겨 둔 매화 향을 끄집어내도록 여인은 창을 닫지 않았다. 매화 향에 취해 있던 여인은 문득 바늘에 찔린 손가락을 보다가 상처를 눌러 작은 핏방울을 맺히게 한다.

조금씩 천천히 부풀어 오르는 핏방울을 바라보던 여인은 조용히 손가락을 입속에 넣고 빨기 시작한다.

대나무가 불러 주는 이름을 오래오래 음미하며.

이정 〈풍죽도〉

우리의 전통 그림 중엔 대나무 그림이 많지만 이토록 잘생기고 매력적인 대나무를 본 적이 있는지.
거친 바람이 불어오지만, 세찬 흔들림을 두려워하는 게 아니라 이 파리 한 잎 한 잎, 줄기 마디마디로 기꺼이 바람을 맞아 내고 있는 느낌이다.
제목을 다시 봐도 알 수 있지만 이 그림의 주인공은 대나무만이 아니다.
눈에 보이진 않지만, 나무의 온몸을 흔들어 대며 존재감을 드러내는 바람이 있다.

그림을 그린 이정은 유난히 대나무 그림을 잘 그려서 조선을 대표하는 묵죽화가로 꼽힌다. 고요하게 눈을 맞고 있는 대나무, 내리는 빗물 속으로 침잠하는 대나무 등등 검은 먹만으로 대나무를 그렸지만, 그의 검은 나무는 어느 색깔이나 빛보다도 많은 걸 보여 주고 많을 걸 들려준다.

전통적으로 대나무 그림은 군자의 절개를 상징하는 걸로 꼽히지만, 조금 다른 상상을 해 보았다.
물론 미술사를 얘기하고 시대상을 읽어 낼 때야 고유한 상징체계를 알고 그에 걸맞은 해석을 해야겠지만, 나만의 방식으로 이 그림을 내 것으로 만들고 싶었다.

대나무를 흔드는 바람에는 경계가 없듯, 상상의 방향에도 이정표는 없다.

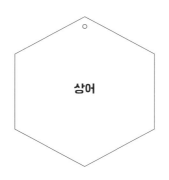

상어

"요즘… 나 얼마야?"

차에 타자마자 의자를 뒤로 젖히고 눈을 감고 있던 그가 꺼낸 첫마디였다.

기지개를 켜며 묻는 말에 매니저는 눈길 한 번 주지 않는다.

스마트폰으로 일정표를 골똘히 들여다볼 뿐 대답이 없다.

"얼마냐니까."

"뭐가 얼마야?"

"그냥 뭐… 이런 거 저런 거."

"왜? 생전 안 묻더니."

매니저는 시선도 움직이지 않은 채 마지못해 입을 연다.

"내 돈 좀 알면 안 돼?"

"니 돈?… 그래 하긴….'

프란츠 슈투크. 〈천국의 수호천사〉. 1889. 캔버스에 유채. 167 × 250 cm

매니저는 여전히 심드렁했고, 그는 여전히 굳은 표정을 풀지 않았다.

지난 6년간 그는, 자신이 얼마를 버는지 궁금해 한 적이 없다. 아니 궁금해 할 틈이 없었다. 쉴 새 없이 차를 타거나 비행기를 탔고, 차나 비행기에서 내리면 무대에 오르거나 녹음실로 향했다. 원하는 게 생겼을 때 돈 때문에 낭패를 겪은 적도 없고, 가족이 돈 문제로 전화를 하면 매니저를 바꿔 줘 버렸다.

돈은 세는 게 아니라, 그냥 있는 것이다.

그러다 문득 궁금해졌다.

대체 돈이 얼마 있으면 이 일을 그만둘 수 있을까.

어젯밤에도 그는 쉽게 잠들지 못했다. 다음 날 일정이 빼곡하다는 걸 생각하면 어떡하든 자야 했지만, 잠은 그의 발치에서 머뭇댈 뿐이었다. 한참을 뒤척이다 결국 멍해진 머리로 TV를 켰다.

화면에는 수족관을 느릿느릿 헤엄치는 상어가 보였다.

"상어는 잠을 잘 때도 헤엄을 칩니다."

느린 움직임에 맞춰 건조한 내레이션이 깔렸다.

"속도는 떨어지지만 유영을 멈추진 않죠."

표정 없는 눈에 뾰족한 얼굴은 온기 없는 회색과 절묘하게 어울린다.

"상어가 자면서도 헤엄을 치는 이유는 숨을 쉬기 위해서입니다. 다른 물고기처럼 아가미를 스스로 움직일 수 없기 때문에 계속 헤엄쳐 입으로 물이 들어가서 아가미를 통과해야만 호흡을 하는 겁니다."

잠을 잘 때도 헤엄을 쳐야 하다니. 그렇다면 상어는 태어나서 죽을 때까지 단 한 번도 멈추지 못한다는 말인가? 혹시 상어의 잔혹함은 피로감 때문은 아닐까?

아침에 눈을 뜨니 TV를 보던 모습 그대로다. 손에는 TV 리모컨까지 쥐고 있다. 긴 한숨을 쉬며 찌뿌듯한 몸을 겨우 일으켜 세웠다. 움직여야 한다. 오늘도 바쁜 하루다.

푹신한 카시트에 몸을 파묻은 채 재킷 주머니에 손을 넣으니 작은 플라스틱 통이 잡힌다. 매끄럽고 무심한 감촉이 손에 와 닿는 순간 왠지 마음이 놓였다. 집을 나설 때 이것을 찾지 못해 출발이 40분이나 늦어졌다. 그래도 계속 울려 대는 매니저의 전화보다는 이게 없는 상황이 더 끔찍했기 때문에 어쩔 수 없었다.

잠시 후 일행이 탄 차가 멈췄다.

묵직하면서도 부드럽게 차 문이 열리자 그는 무거운 몸을 움직여 차에서 내렸다. 앞장선 매니저의 뒤를 따라가니 몇 번 와 본 적 있는 스튜디오다.

차갑고 눅눅한 공기가 가득한 좁은 지하 계단을 내려가는데, 계단 한가운데가 서서히 위쪽으로 부풀어 오르기 시작했다.

시야가 좁아지고 등에서는 식은땀이 흐른다.

'이럴 줄 알았어.'

그는 재빨리 주머니의 플라스틱 통 안에서 작은 알약을 꺼내 혀 밑으로 집어넣었다. 천천히 녹아내리는 알약.

그 속도에 맞춰 시야는 다시 넓어지고 부풀었던 계단은 가라앉았다.

'한참 뒤진 보람이 있군.'

"뭐 해?"

그의 걸음이 느려지자 매니저가 신경질적으로 돌아보며 말했다.

'개자식. 예전엔 가끔 웃을 줄도 알더니.'

그 역시 대꾸도 하지 않은 채 성큼성큼 스튜디오 안으로 들어가자 끔찍한 낙원이 펼쳐져 있었다.

견딜 수 없이 요란하고 밝기만 한 세상.

수많은 조명이 그가 설 자리를 향해 늘어서 있고, 그가 포즈를 취할 곳엔 가짜 꽃들과 가짜 보석들이 벽부터 바닥까지 가득 장식돼 있었다. 생기라고는 한 톨도 찾을 수 없는 플라스틱으로 치장한 천국이 아가리를 쩌억 벌리고 그를 기다리고 있는 거다.

"왔어요?"

그 여자다.

이 잡지의 화보 촬영을 할 때마다 나오는 에디터.

머리는 아무렇게나 헝클어뜨리고 있지만 사실은 꽤나 비싼 샵에서 만진 것이고, 일할 때는 색조 화장 따위는 하지 않지만, 후배들이 흐트러진 모습으로 일하는 곳에 나타나면 쓴소리를 거침없이 쏟아 붓는 여자.

자신의 이름만으로 수월해지는 일이 많은 그녀는, 예정보다 훨씬 늦게 나타난 그를 본 순간 부아가 치밀었다. 하지만 어쩌랴. 그는 단 몇 분간의 유튜브 영상 하나로 수많은 소녀들을 울먹이게 만드는 스타인 것을. 그의 화보가 실리는 잡지는 분명 기록적인 매출을 보여 줄 것이다. 촬영을 펑크 내지 않은 것만 해도 다행이다.

미안한 기색도 없이 들어선 그의 눈 밑이 푹 꺼진 걸 보니 충분히

자지 못한 게 분명했다. 찌든 모습은 1그램도 없이 향긋한 레몬 무스처럼 보여야 하는데 저 상태로는 곤란하다는 생각에 여자는 친절을 쥐어짰다.

"조금 늦긴 했지만 일단 커피 한 잔 마시고 시작할래요? 마시면서 촬영 콘셉트 설명도 듣구요."

"비행기 타야 해서 그럴 시간은 없구… 콘셉트야 뭐… 이쁘면 되는 거 아닌가요? 바로 시작하죠."

"그래도 좀 피곤해 보여요."

"걱정 마세요. 카메라 앞에 서면 이뻐져요."

여자는, 부드러운 말투를 여지없이 쳐내는 그가 얄미웠지만 이뻐질 거라며 씨익 웃는 표정에 움찔하고 말았다. 자신도 모르게 그의 아름다움에 눈앞이 아득해진 것이다. 그러고 보니 주변의 움직임도 뭔가 이상하다.

메이크업과 의상, 카메라와 조명까지 모든 스텝들이 말없이 술렁이고 있는 게 감지됐다. 스튜디오에 있는 모든 이는 그를 숭배했고, 그가 얼른 준비를 하고 나와 자신들이 꾸며 놓은 천국을 완성해 주길 기다리는 것이다.

노련하고 재빠른 손놀림이 그의 머리를 매만지고 있다. 부드럽고 풍성한 메이크업 브러시는 그의 이마와 콧등을 쓸어내린다. 시간을 아끼기 위해 머리와 메이크업이 동시에 진행되고 있는 것이다.

그는 눈을 감고 있다.

사람들의 조심스러운 움직임을 소리와 공기로 느끼며 자꾸만 정신이 아득해진다. 부족한 잠이 이제야 슬금슬금 그의 품을 파고드는 것이다.

"상어는 태생적으로 직진을 즐깁니다."

졸음으로 흥건해진 그의 머릿속에서 어젯밤 TV의 내레이션이 들려온다.

"하지만 수족관은 상어가 계속 직진을 즐기기엔 턱없이 공간이 부족하죠. 할 수 없이 상어는 몸을 돌려 가며 헤엄쳐야만 합니다."

화면 속의 상어는 온몸을 꺾으며 좌회전한다.

"갇힌 환경 때문에 몸을 휘며 헤엄치는 상어는 척추측만증에 걸리곤 합니다. 등이 휘고 굽는 증상은 전 세계 수족관의 상어한테서 나타나는 비극이죠."

화면 속 상어의 모습은 처참했다. 등 윗부분이 보기 흉하게 굽어 있었고 몸통은 온통 지저분하게 얼룩덜룩했다. 앓고 있는 상어는 더 이상 무섭지도 날렵하지도 않았다. 그저 서글픈 목숨 덩어리였다.

"의상… 준비됐는데요…."

누군가 깨우는 소리에 눈을 떴다.

어느새 메이크업과 머리 손질은 끝나 있었고 가운을 걸친 채 앉아 있던 그의 앞에 여자 스텝 한 명이 몇 벌의 옷이 걸린 행거를 밀고 와 있다.

그와 눈이 마주친 여자 스텝은 푸석한 얼굴에 미소를 띠더니 행거에서 옷걸이 하나를 빼 들었다.

어이가 없었다. 그것은 옷이 아니라 얇은 망사 조각이다.

차마 다 벗길 순 없으니 마지못해 걸쳐 놓기 위한 천 조각.

"좀 민망하지?"

호들갑스러운 목소리가 들렸다. 그가 화보를 찍거나 촬영을 할 때마다 함께 일하는 스타일리스트이다.

"그래두 홀라당 다 벗기는 것보다는 뭐라도 걸쳐 놔야 상상하는 맛이 있지~"

"형이구나."

"표정 좀 풀어. 이게 지금은 이렇게 보여도 자기 몸에 감아서 셔링 제대로 잡으면 셰익스피어 무대에 나오는 천사처럼 보일 거야."

"셰익스피어도 보러 다녀?"

"말이 그렇다는 거지 너는…! 자~ 팔 좀 벌려 봐봐."

스타일리스트의 재촉에 그는 걸치고 있던 가운을 훌렁 벗었다. 푸석한 여자 스텝은 스타일리스트의 손길을 따라 움직이며 핀을 꽂았다. 겨드랑이 아래쪽 몸통을 따라 몇 번 휘휘 감더니 남은 천으로 한쪽 팔을 감싸 제법 옷처럼 보였다.

"니가 늦게 와서 나 스케줄 꼬였어. 잠깐 나갔다 올 테니까 작업하고 있어."

대충 옷이 됐다 싶었는지 스타일리스트는 서둘러 나간다. 그러면서도 어시스트인 푸석한 여자에게 한마디하는 것도 잊지 않는다.

"일단 대충 꽂았으니까 흘러내리지 않게 핀 좀 더 단단히 꽂아 주고, 천 끝에 실밥 풀린 거 좀 똑바로 가위로 잘라 줘."

푸석한 여자는 알겠다고 대답하고는 말없이 작업을 이어 갔다. 여자는 그와 거울을 번갈아 봐 가며 일하면서도 그의 눈길은 애써 피하는 게 보였다. 손목에 감은 핀 쿠션에서 시침 핀을 하나씩 빼서 천을 고정시켜 나가는 여자의 모습을 물끄러미 바라보던 그가 물었다.

"일하는 거… 좋아요?"

"네?"

느닷없는 질문에 당황했나 보다.

"이 일… 좋아해요?"

"아 네… 재밌어요."

"뭐가요?"

"네?"

"이 일이 재밌는 이유가 뭐냐구요."

"… 유명한 분들도 많이 보고… 딴 사람들은 잘 볼 수 없는 모습도 보고…."

대답을 하느라 그녀의 손길이 잠시 멈추자 그는 몸을 감싼 천 밑으로 손을 넣었다.

"말하자면… 이런 거요?"

그가 팬티를 벗어 놓자 여자의 얼굴이 살짝 굳어졌다. 이미 천으로 몸을 감쌌기 때문에 그의 알몸을 보는 건 아니지만 그가 발로 툭 던진 속옷은 선명하게 눈에 들어왔다.

"… 이런 건 아니구요…."

그녀는 팬티를 집어 얌전하게 개켜 그의 물건 옆에 놓더니 말을 이었다.

"사람들은 몰라도, 눈에 보이지 않게 일하는 사람이 많다는 걸 보게 됐다는 뜻이에요."

"기분 상했어요?"

"전… 기분으로 일하진 않아요."

그는 말없이 그녀를 쳐다봤고 여자는 작업을 이어 갔다. 아까보다 속도가 빨라진 여자는 핀으로 그의 등을 찔렀다. 제법 아팠다. 일부러 그랬을까. 그는 잠깐 생각했지만 아무 소리도 내지 않았다.

핀을 다 꽂고 나서 거울을 보니 그곳엔 완벽한 가짜 천사가 서 있었다.

얇은 천과 핀 몇 개로 몸을 감싸고 최고의 화장술과 손놀림으로 지극히 아름다워진 가짜.

'날 보며 너희들은 축축해지거나 단단해지겠지.'

잠시 거울을 바라보고 있는데, 왠지 이상했다. 속이 차가워지고 등에서 식은땀이 흐르는가 싶더니 아니나 다를까 거울 속 그의 모습이 촛농처럼 천천히 흘러내리기 시작했다.

'왜 하필 지금!'

그는 벗어 둔 재킷을 찾아 알약을 꺼내 입에 넣었다.

무기력과 역겨움이 그를 씹어 삼키는 걸 막으려면 이 방법밖에 없었다. 눈을 감고서 혀 밑에서 약이 풀려 가는 걸 기다리다 눈을 뜨고 거울을 다시 보니, 조금 괜찮은 거 같다. 다시 눈을 감고 호흡을 가다듬고 눈을 뜨니 이젠 그럴듯해 보이기까지 하다.

'할 수 있어. 웃어 보자구.'

뺨의 근육을 조금 움직였더니 좀 전보다 훨씬 부드러워진 표정이 살짝 한 겹 코팅된다.

'됐어. 이거면 돼.'

그가 촬영 스팟에 들어서자 매캐한 냄새가 가득하다. 분위기 연출을 위해 뿜어 놓은 스모그 때문이다. 그 덕에 화면은 화사해지지만 그의 예민한 호흡기는 진저리를 친다. 코와 입으로 미끄덩대며 들어온 스모그는 그것이 닿는 모든 곳을 건조하게 만들기 때문이다.

사람들은 한결 분주해진다.

넓은 판을 펄럭대며 스모그를 그의 주변으로 몰아대는 사람, 조명을 켜고 재빨리 조도를 체크하는 사람, 그가 걸친 천을 끝없이 매만지는 사람. 그리고 누군가 그에게 커다란 칼을 건넸다.

"천국의 수호천사예요. 신의 세계를 지키려는 굳건하고 아름다운 문지기요."

에디터가 촬영 콘셉트를 설명했다.

"이 웃기는 칼이 제 무기인가요?"

그는 칼을 아무렇게나 들어 올리며 물었다.

라커를 뿌려서 만든 칼은 조악하고 싸구려 같다.

아이들도 이런 칼을 갖고 놀지는 않을 테지만 사진에는 폼 나게 나오겠지.

"당신의 최고 무기는 아름다움이죠. 이 칼은 그저 장식품일 뿐이구요. 당신의 아름다움을 거드는 장식품."

그녀의 설명이 맘에 들었다.

낯간지러운 말로 추켜세웠기 때문이 아니다. 원하는 사진을 분명하게 말한다는 점에서 그런 거다.

그래, 군침을 삼키며 나를 한 겹 한 겹 핥아먹도록 하면 된다는 뜻이지.

"이 지저분한 가짜 날개도 그럴듯해 보일까요?"

"그 날개는 난생처음 진짜 주인을 만난 거죠."

처음 도착했을 때의 뽀로통한 분위기와 달리 한 톤이 높아진 에디터는 힘이 넘치는 말투로 대답했다.

카메라 앞에 그만 남긴 채 스텝들은 모두 제자리로 돌아갔고 음악 소리는 한결 커졌다. 사람들의 시선이 모두 그에게 쏟아지고 포토그래퍼가 카메라를 들고 들어서자 그의 몸에선 피가 빨리 돌기 시작했다.

'그래, 다들 내 앞에서 무릎을 꿇는 거야. 내 앞에서 감격의 눈물을 흘리고 얼굴이 달아오르겠지. 너희에게 천국을 보여 주는 대신, 나의 지옥은 영원히 비밀로 남겨 둘게. 나는 아름답기 위해 존재하는 사람. 먹히기 위해 빛나는 사람.'

"좋습니다. 시작하죠!"

포토그래퍼가 외치자 조명이 일제히 그를 향했다.

그는 천천히 등을 세워 온몸을 쭈욱 폈다. 뒤쪽으로 물러선 다리로 무게중심을 옮기면서 골반을 살짝 뒤로 빼니, 칼을 잡은 팔이 근육을 툭툭 튕겨 내며 길게 뻗는다. 쏟아져 내린 빛은 그의 몸에서 산산이 부서져 사방으로 흩어지더니 향기 없는 플라스틱 꽃과 보석에 생기를 불어넣었다.

그 순간 사람들은 각자 마음속으로 자신의 눈과 귀를 의심했다. 그의 등에 걸쳐진 가짜 날개가 푸드덕 소리를 내며 날갯짓을 하는 거 같았기 때문이다.

셔터 소리와 함께 동공을 파고드는 밝은 빛이 계속되자 그의 시야는 서서히 아득해졌다.

사람들이 보이지 않고 음악 소리는 저 멀리 느껴진다.

누군가 뭐라고 외치는 거 같은데 무슨 말인지 알아들을 수가 없다.

그때, 무릎 아래쪽에 뭔가 차가운 느낌이 들었다. 포즈를 흩트리진 않았지만 낯선 느낌의 정체를 생각해 보려고 애쓰는데 문득 보이지 않는 그것의 정체를 깨닫는다.

상어 한 마리.

물의 결을 한 겹씩 열며 조용히 다가온 회색빛의 그것.

핀에 찔려 맺힌 핏방울 냄새를 맡고 온 걸까.

"방금 그 표정, 좋아, 쫌만 더!"

포토그래퍼의 목소리는 점점 높아지고 셔터 소리는 미친 듯 날뛰지만, 상어는 고요하기만 하다. 조용히 그의 곁을 스치더니 어느샌가 서서히 멀어져 간다. 그때야 비로소, 그의 시야에 상어가 잡혔다.

등이 심하게 굽은 상어 한 마리.

서글픈 유영이 사라진 뒤 다시 음악 소리가 높아진다.

슈투크 〈천국의 수호천사〉

신의 명령을 받은 늠름하고 멋진 천사.
아무런 흠결도 없고 구질구질한 일상도 없는 완벽한 존재.
그림 속 주인공은 거침없이 우리 앞에 나선다.
어쩌면 오래전 사람들은 이런 그림을 아이돌로 삼지 않았을까?

나이 드는 게 섭섭해지는 순간은 무수히 많지만, 빛나는 스타를
볼 때도 마찬가지다. 예전엔 아름다움과 재능만 보며 환호했는데,
나이가 들면 자꾸 다른 게 보인다.
아름다움 속에 감춰 둔 눈물, 스포트라이트 뒤에 느끼는 외로움
같은 거 말이다.
보여 주지 않는 걸 보는 나이가 되면 사는 게 좀 시시해진다.
즐기기보다는 자꾸 다른 걸 상상하게 되니, 가슴은 쉽게 뜨거워질
줄 모르고 액면보다는 이면을 생각한다. 가장 최악은, 그걸 자녀
한테 드러낼 때다.
"너 저 사람이 맨날 저렇게 신나게 살 거 같아? 저렇게 되려면 얼
마나 험한 꼴을 많이 겪게 되는 줄 알아? 알지도 못하면서 괜히
헛바람 들지 말고 공부나 해!"
하지만 우습지 않나.
사람은 바람이 좀 들어야 자신을 불태우기도 하고 새로운 꿈도

꾸는데 말이다. 부모는 자꾸 자신의 10대 시절을 잊곤 한다.

그런 의미에서 이 그림에 대한 상상은, 나의 나이 듦의 증거인지도 모르겠다. 서글프다.

19세기부터 20세기에 걸쳐 활동한 슈투크는 생전에도 부와 명성을 누렸다. 그는 성서의 내용에 바탕을 둔 작품을 많이 남겼는데, 이 부분이 좀 묘하다. 분명 기독교적 교훈을 담은 그림으로 포장돼 있지만 그의 그림 속 인물은 한결같이 관능이 넘쳐흐르고 요동친다. 특히 그가 그린 〈원죄〉 시리즈는 또 한 명의 이브로 알려진 '릴리스'를 그렸는데, 벌거벗은 몸에 뱀을 휘감고 육욕으로 번들대는 얼굴을 보고 있으면 자신도 모르게 몸 한구석이 후끈해지는 게 느껴질 것이다. 〈천국의 수호천사〉는 신과의 약속을 저버린 인간으로부터 에덴을 지키는 천사를 그린 건데, 이 설정 그대로 하이패션 잡지 화보를 찍어도 될 만하다고 느끼는 건 나만 그런 건 아닐 거다.

슈투크는 사후에 어느 유명인의 열렬한 지지로 다시 한 번 주목받은 바 있다. 바로 히틀러다.

히틀러는 슈투크의 작품에 게르만 정신과 가치관이 잘 표현됐다면서 극찬했는데, 어떤 이의 찬사는 되레 작품의 빛을 가리는 일이 아닐지.

나의 외로움에,
건배

그것은, 일기예보에 없던 소나기처럼 갑자기 쏟아져 내렸다.

평소에 특별한 음식이 먹고 싶어서 식당을 검색한 적도 없고 호들
갑을 떠는 TV 음식 프로그램을 봐도 시큰둥하던 나로서는, 그날 오후
느닷없이 쏟아져 내린 식욕이 당황스럽기만 했다. 가장 어리둥절한 건
먹고 싶은 메뉴이다.

해파리냉채.

노랑, 초록, 빨강의 채소와 여러 가지 부재료로 색을 맞추고, 가운데
에는 해파리가 의젓하게 자리를 잡고 있는 그것.

해파리냉채를 특별히 좋아했다거나 환호를 해 가면서 먹은 기억도
없는데 왜 느닷없이 그것이 먹고 싶어진 건지는 알 수 없다. 경로를 알
수 없는 자극에 감전된 식욕은 그날 오후 내내 나를 안절부절못하게
만들었다.

에드바르 뭉크, 〈그다음 날〉, 1894~1895년 무렵, 캔버스에 유채, 115×152 cm

꼬들꼬들한 식감의 해파리의 육질.

고소한 지단과 아삭아삭 씹히는 온갖 야채들.

한 젓가락을 집어 올릴 때마다 겨자가 뭉쳐 있을까 봐 두려워하는 자잘한 모험까지. 해파리냉채를 먹었던 기억이 하나하나 선명하게 떠올라 견딜 수가 없었다.

"해파리냉채 좋아했었어? 몰랐네?"

뜬금없는 식욕을 얘기하니, 옆자리 동료가 묻는다. 같이 일한 지 10년 동안 제법 자주 어울린 친구이니 할 만한 얘기이다.

"알잖아, 나 중국집 별로인 거. 근데 갑자기 이러네."

"그럼 뭐야? 혹시 뭐… 난데없이 입맛 당길 일이 생긴 거 아냐?"

잠시 멈칫했지만 이내 뜻을 눈치챘다.

'입맛 당길 일'이라는 짧은 말속에는, 내가 지난 2년간 만났던 남자와 이별이 들어 있고, 그 남자랑 헤어진 다음 다시 누군가를 만난 거 아니냐는 의문이 들어 있고, 새로운 남자와 무척 빠르게 진행이 돼서 입덧을 일으키는 작업을 진행한 거 아니냐는 호기심도 들어 있다.

짧지만 긴 물음에 대답 대신 짧게 웃고 만다.

이번 달, 지난달, 지지난달에도, 배란기에 누군가와 잠자리를 가져 본 적이 없으니까.

"오늘… 저녁 먹구 갈래?"

갑작스러운 식사나 술자리를 좋아하는 편은 아니지만 그래도 방법이 없다 싶어서 슬쩍 물었다. 벼락처럼 찾아든 해파리냉채 생각을 떨쳐 낼 수도 없었지만, 혼자 중국집에 가서 시켜 먹을 자신은 더 없었기 때문이다.

"어쩌냐, 애가 아파. 남편은 늦는 대고. 아깝다, 중국 요리 얻어먹을 찬스인데."

말은 그렇지만 동료의 표정은 그다지 안타까워 보이진 않는다. 그녀도 결혼 전에는 종종 예정에 없던 밥도 먹고 술도 마시면서 회사 생활의 고단함에 대해 얘기 나누곤 했지만, 남편이 생기고 아이를 얻은 후엔 미리 약속된 시간이 아니면 어렵다. 나이를 먹으면 사람들과 이런 식으로 멀어지는가 보다. 물기 위에 올려놓은 스테인리스 컵이 미끄러지듯이 아주 자연스럽고 매끄럽게 멀어진다. 어떤 마찰이나 저항도 없이 스르륵 멀어지는 인간관계. 나는 남들보다 조금 일찍 그것에 익숙해져 가는 것 같다.

그나저나 동료가 어렵다고 하니 이제부터 진짜 고민이다.

중국집에 혼자 가기는 좀 그렇고, 마트에 들러서 만들어 놓은 걸 사갈까?

그러려면 집에 가는 전철역보다 한 정거장 먼저 내려 마을버스로 갈아타고 마트에 가야 하는데? 안 그래도 피곤한데 굳이 돌아서 가야 한다고?

퇴근 후 전철에서 마지막까지 고민했지만, 결국엔 평소와 똑같은 전철역에서 내렸고, 집 앞 편의점에 들러 컵라면을 하나 사고 말았다.

물을 빨아들여 겨우 딱딱함을 면한 면발. 예상 가능한 딱 그만큼의 라면 수프 냄새. 머릿속에는 해파리냉채의 청량하고 새큼한 향이 가득

한데, 혀에 와 닿는 건, 원재료가 뭔지 알 수 없게 겹겹이 겹쳐 놓은 인공 향이다 보니 입맛이 떨어졌다.

젓가락질을 하다 말고 스티로폼 안의 불그스름한 국물을 가만히 들여다보니, 동결건조 파 쪼가리 같은 서글픔이 초라하게 떠오른다.

관두자.

컵라면의 벌건 국물을 싱크대에 붓고 나니 왠지 뱃속이 허전하다.

역시 해파리냉채를 사 올 걸 그랬나 보다 후회하며 찬장을 열어 봐도 과자 한 봉지 없다. 대신 오랫동안 처박혀 있는 와인 한 병이 무표정하게 놓여 있다.

차라리 저걸 딸까. 아니다. 한번 따면 다 마셔야 할 텐데 그랬다간 내일 아침에 힘들어질 것 같아 관둔다. 그러면 냉장고에 넣어 둔 먹다 만 소주? 그거 역시 내키질 않는다. 냉정한 소주 빛깔이 당기는 건 아주 드물게 일어나는 일이다.

김새는 기분이 들어 대충 싱크대를 정리하고 소파에 털버덕 앉아 리모컨을 집어 들었다.

> "인생은 그렇게 폼 나는 게 아냐. 정말 구질구질한 거야. 왜 그런지 알아?
> 이 여자가 남자를 너무너무 사랑하니까."

TV에선 사랑에 관한 입씨름이 한창이다.◆

◆ KBS joy 〈연애의 참견〉 시즌 1. 10회

뜻하지 않은 우연이지만 왠지 피식 쓴웃음이 나온다. 먹고 싶은 음식 대신 컵라면을 집어 들었다가, 그것마저 하수구에 흘려보낸 혼자 사는 여자한테 이보다 더 궁상스럽게 잘 어울리는 화면이 또 있을까.

시청자가 보낸 고민 사연에 대해 입담 좋은 패널들이 자신의 생각을 말하는 프로그램인데, 나는 가끔 그런 종류의 입담이 폭력적으로 느껴진다.

그들이 틀린 말을 해서가 아니다.

오히려 그 반대다.

그들은 더할 수 없이 맞는 말만 해 댄다. 우리 사는 게 얼마나 우스꽝스럽고 얼마나 초라하고 얼마나 치사스러운 일인지 조목조목 잘도 짚어 낸다.

그래서 힘들다.

그렇게 사는 것도 버거운데, 그렇게 살고 있다고 각주까지 달아서 설명하고 찔러 주니 힘이 더 빠진다.

남들은 그런 얘기를 들으며 힐링을 받고 홀가분해진다는데, 나는 왜 불편해할까. 나는 왜 이리 옹졸할까.

"사랑하니까 쪽 팔리고 사랑하니까 후진 거야."

그래, 딩동댕. 정답. 더할 수 없이 맞는 말이다.

너무나 맞는 말이라서 열패감까지 들 지경인데, 아 이런. *끄억-* 반쯤 먹은 컵라면도 식사라고 트림이 올라왔다.

안 그래도 궁상스러운 순간에 이럴 거 까진 뭐 있나 싶은데 다시 한

번 끅- 여진 같은 트림이 새어 나온다. 식도를 따라 내려갔다가 다시 솟구쳐 올라온 라면 수프 냄새라니. 사랑 따위를 안 하더라도 사는 건 이미 충분히 쪽 팔리고 후지다.

화면 속 사람들은 지금 한창 열이 오르는 거 같다.

주고받는 말의 속도가 빨라지고 목청이 높아진다. 하지만 그들은 자신들이 어떤 걸 보여 줘야 하는지 잘 아는 사람들이다.

사연을 보낸 시청자의 마음으로 우르르 끓어올랐다가 인생의 프로페셔널들답게 의젓하게 가라앉겠지. 그리고 펄펄 끓어오른 기분에 허우적대는 사람들을 향해, 그럴듯한 위로를 건네겠지. 그래도 그 사랑은 의미 있었다고, 그 아픔 덕분에 한 뼘은 성숙해진 자신을 보라고 토닥이겠지.

뻔한 매뉴얼이지만, '뻔함'이 주는 안정감이 있다.

그것만 따라가면 마음이 풀릴 것이고 기분이 바뀔 것이고 나만 그런 건 아니라며 툭툭 털 수도 있으니까.

그럼에도 왜 나는 그 물결에 나를 맡기지 못하는 걸까 생각하는데, 뭔가 혀끝에 와 닿는다.

어금니 근처 이와 이 사이에 붙은 작은 그 무엇.

쉽사리 빠지질 않아서 춥춥 소리가 내도록 우물댔더니 어느 순간 개운해진다.

투- 뱉어 보니 작은 파 쪼가리다.

컵라면에 떠 있던 작은 푸른 잎 중 한 조각이 죄인이라도 된 양 손바닥에 내쳐졌다. 티슈 한 장을 집어 닦아 내는데, 갑자기 오후 내내 괴롭히던 수수께끼의 정답이 후루룩 풀렸다.

그것은 해파리냉채가 아니었다. 해파리냉채가 아니라 양장피다.

2년 동안 만나고 몇 달 전 헤어진 남자. 그 남자는 양장피를 좋아했다.

"어? 해파리냉채 아니었어?"

"양장피야. 맨날 헷갈리네?"

중국집에 가서 남자가 주차할 동안 내가 먼저 들어가서 주문을 하고 났는데, 뒤늦게 들어온 그가 메뉴를 확인하더니 내 실수를 말해 줬다.

"그럼 주문 바꿀까?"

"아냐 됐어. 음식 나올 때 됐는데 뭐"

아니나 다를까 잠시 후 음식이 나왔고, 그는 원래 자신이 원했던 메뉴인 것처럼 불평 없이 먹는다. 예전에 타로를 보러 간 적 있는데, 그의 별자리를 짚어 본 사람이 말했다. 그는 12번 방에 수성이 있는 사람이라고.

"별자리에서 12번 방은 뭔가를 가두는 곳이거든요. 죽음처럼 무겁게 꽉 붙드는 방이에요. 수성은 남들에게 자신을 말하는 별이구요. 근데 수성이 12번 방에 가 있으니 어떤 일이 벌어지겠어요? 웬만해선 자기 생각을 말하지 않고 꾸욱 눌러 가두는 거죠."

주문이 잘못돼도 바꾸지 않는 남자. 그는 그런 사람이다.

"난 해파리냉채가 더 좋긴 한데, 솔직히 양장피나 해파리냉채나 거기서 거기 아냐? 중국집에서 시키면 비주얼은 거의 비슷해."

"아냐 좀 다르지."

"야채 썰어 놓은 모양도 비슷하고, 소스도 거의 똑같지 않아?"

"결정적인 차이가 있어."

"뭔데?"

"온도가 다르잖아. 해파리냉채는 시원하게 먹는 거고 양장피는 약
간 따뜻해야 더 맛있어. 음식에 부어서 따뜻해진 겨자 소스는 느낌도
다르고."

그와 나는 항상 온도가 조금씩 달랐다. 그 차이가 펄펄 끓는 육개장
과 살얼음이 서걱대는 냉면 정도의 차이라면 오히려 상대방이 궁금해
질 수도 있고 매력을 느낄 수도 있을 텐데, 우리의 온도차는 딱 해파리
냉채와 양장피처럼 미묘하고 어정쩡했다.

둘 다 비틀스를 좋아했지만 나는 〈리볼버〉 앨범을 최고로 꼽았고
그는 〈렛잇비〉를 꼽았다. 둘 다 낄낄대는 병맛 개그를 좋아했지만 나
는 〈이나중 탁구부〉에 환호했고 그는 주성치 영화라면 무조건이었다.
서로 바꿔 보진 않았다.

나는 생리가 끝나고 난 직후에 몸이 뜨거워지곤 했지만, 그는 나의
생리 날짜가 가까워진다는 말을 들으면 괜스레 바짝 다가앉곤 했다.

살짝 어긋난 시선과 열망 속에 보낸 2년.

우리는 더 이상 서로가 궁금하지 않았다.

헤어지는 과정도 그랬다.

그의 부재가 절실하게 느껴지지 않을 만큼 흐릿했던 이별.

그의 후일담을 궁금해 하지 않았고, 그 사람의 SNS를 훔쳐보는 일
은 하지 않았다.

그렇게 몇 달.

느닷없이 해파리냉채가 먹고 싶어졌지만 지금 생각해 보니, 내가

먹고 싶었던 게 해파리냉채였는지 양장피였는지 잘 모르겠다.

　어쩌면 둘 다 아니라, 그는 양장피를 원했지만 나의 착각으로 잘못 주문했던 해파리냉채, 바로 그걸 원했던 건지도 알 수 없다. 어쨌건 간에 나는 결국 혼자서 중국집을 가거나 마트에 가는 수고 따위는 하지 않았다.

　그게 지금 나의 온도겠지.

　다만 어렴풋이 알 수 있는 건 이제 내 안의 촉촉한 욕망은 슬그머니 말라붙어 버려서, 누군가와 함께하는 일이 시들해져 버렸다는 것이다. 더 이상 내 것이 아닌 열망*. 이렇게 청춘은 끝나 버린 걸까.

　나도 모르게 튀어나온 '끙' 소리와 함께 일어났다.

　찬장 속 와인이 떠올랐기 때문이다.

　와인 병을 비우고 나면, 어쩌면 먹다 남긴 소주를 들고 올지도 모르겠다.

　지금 기분으론 냉정한 소주 빛에 대한 거부감도 사라진 느낌이다.

　축하인지 아쉬움인지 모를 이 희한한 감정을 위해 혼자만의 건배를 건네야겠다.

◆ 기형도의 시 〈빈 집〉 중에서

뭉크 〈그다음 날〉

그림을 들여다보면, 그 전날 밤 여자가 느꼈을 외로움이 전해진다.

여자가 누워 있는 모습이나 술병의 개수를 보면 꽤 많이 마신 것 같은데 혼자라고 느껴진다. 술잔이 두 개 보이지만 그게 다른 사람을 위한 잔이었는지 의심스럽고, 윗옷의 앞섶이 풀어헤쳐져 있지만 다른 곳이 비교적 단정한 걸로 보아, 이런 상황에서 흔히 떠오르는 흐드러진 열망의 흔적도 감지되진 않는다.

노르웨이에서 태어난 에드바르 뭉크는 어려서 어머니와 형제들을 잃고 죽음에 대한 공포와 외로움 속에서 성장했는데, 그런 분위기가 작품 속에도 고스란히 남아 있다. 〈그다음 날〉 역시 마찬가지다. 비록 머리는 아파도 웃음이 나오는 숙취가 아니라 눈을 떴을 때 황당하고 쓸쓸함이 남는 외로운 숙취.

1909년 오슬로 미술관에서 이 그림을 처음 구입했을 때, 평단과 후원자들의 반응은 냉담했다고 한다. 술에 취해 널브러져 있는 여자의 모습이 국립미술관의 격에 어울리지 않는다는 비난이었다. 하지만 미술관 측에서는 '그녀가 깨어나면 취한 이유를 물어보겠다'는 통쾌한 설명을 붙여 비난하는 의견을 꺾었고 결국 이 아름답고 외로운 그림은 오늘날까지 남아 우리에게 말을 건넨다.

그림을 보는 당신이 혼자서 쓸쓸하게 술잔을 기울였던 어느 날 밤의 기억을 떠올려 보라고.

우리 같이 얘기해 보자고 말이다.

아무도.
누구도.

쾅!

커다란 소리에 집 안의 고요한 공기가 출렁댔다.

누군가 문에 돌을 던졌나 보다.

- 그가 놀라서 깨면 어쩌지.

걱정스러운 기분에 둘러보았지만 아무런 인기척이 없다.

텅 빈 복도, 기척 없는 계단, 언제부터 열려 있는지 알 수 없는 방문들.

온 집 안의 공기는 숨이 멎은 듯하다.

- 깊이 잠들었나?

푹신한 베개와 이불 속에 온몸을 묻고 누워 있는 그의 모습을 떠올리자마자 어느새 2층 침실이다. 틀림없이 그가 누워 있을 거라고 생각한 침대는 텅 비어 있다.

페르낭 크노프, 〈버려진 거리〉, 1904, 파스텔과 연필, 69×76 cm

- 역시 큰 소리에 놀라서 깬 걸까?

침실 주변을 이리저리 살폈지만 뭔가 이상하다. 분명히 조금 전까지 그 사람이 누워 있던 침대가 가지런히 정리가 되어 있기 때문이다.

- 자고 나서 이불을 정리하는 사람이 아닌데.

침대 위를 훑는데 남아 있는 온기가 전혀 없다. 아니 정확하게는 체온이라곤 품어 본 적이 없는 담요와 시트와 베개이다.

- 어떻게 된 거지?

알 수 없는 느낌에 침실을 둘러보니 사람의 온기가 닿지 않은 곳은 침대뿐이 아니다. 꽃이 그려진 타일로 장식된 벽난로도, 로코코풍의 섬세한 조각으로 프레임을 짠 안락의자와 스툴도, 금색 테두리를 두른 거울 앞 콘솔에서도 사람의 손길을 전혀 느낄 수 없다. 단지 사람의 손이 닿지 않은 게 아니다.

자세히 보니 침실 곳곳에는 뿌연 먼지가 가라앉아 있고, 스툴 위에 걸쳐 둔 레이스는 누렇게 변해 있다. 레이스를 처음 샀을 땐, 갓 피어난 스무 살 아가씨 같았는데 지금은 형편없이 쪼그라든 노파처럼 누렇게 늘어져 있다.

- 이 방이 왜 이렇게 돼 있을까?

어지럽고 혼란스러운 기분에 잠시 멍해 있다가 문득 깨닫는다. 집 안의 창문이란 창문이 모두 닫혀 있고 커튼이 드리워져 있는 것이다.

- 창문이 전부 닫혀 있네? 내가 그랬나?

나도 모르게 몸이 휘청대서, 레이스가 놓인 스툴 위에 앉는다고 생각한 순간, 노파가 된 레이스는 짧은 환상을 보여 준다.

눈부시게 빛나는 햇살 속에 스카프를 머리에 두른 초로의 여인이 보이고 그 곁에선 그가 웃고 있다. 스카프 여인은 쉴 새 없이 떠들며 레이스를 펼쳐 보이고, 그는 조심스레 손을 뻗어 천을 만져 본다.

반듯하게 흐르는 이마와 콧날 위로 햇빛이 미끄러지는 그의 옆모습.

그걸 보며 가슴 떨렸던 순간이 몇 번이었던가.

레이스에서 눈을 떼지 않는 그의 미소를 보고 있으니 왈칵 눈물이 날 것 같다. 하지만 이내 들려오는 레이스 파는 여인의 목소리에 눈물은 꿀꺽 삼켜진다.

"부인에게 사 주세요. 두고두고 칭찬받는 선물이 될 거예요."

'부인'이라는 말에, 그의 미소는 순식간에 사라졌지만 곧 특유의 침착한 표정으로 돌아가더니 점잖게 말했다.

"이걸로 하겠습니다. 얼마죠?"

아름다운 무늬의 레이스를 사던 그 순간에도,

그 레이스를 사 갖고 돌아와 침실을 장식했을 때에도,

레이스가 놓인 방 안에서 함께 아침을 맞을 때에도,

그리고 지금 이 순간까지도

그와 나는 부부가 아니다.

그에겐 부인이 있고, 나 역시 다른 남자의 아내로 불린다.

몇 번의 사교 모임과 우연이 겹친 끝에 우리 두 사람은 강렬한 이끌림에 서로에게 얽혀 들었고, 수많은 거짓과 변명을 쌓아 올리면서, 둘이 함께하는 시간을 만들어 냈다.

이 집은 그가 마련한 은둔의 성이다.

- 그 사람은 어디 있는 거야? 왜 이곳엔 먼지가 이렇게 잔뜩 쌓인

걸까? 어젯밤엔 둘만의 식탁에서 밥을 먹고, 작은 촛불과 함께 이 방에 들어오지 않았던가?

쾅!

문을 부술 듯한 소리가 텅 빈 공간을 순식간에 채운다.

- 누구지? 문을 부수려고 저러나?

문을 떠올리자 어느새 문 앞이다.

어떻게 침실을 나와 복도를 달려왔고 어떻게 숨도 차지 않고 순식간에 계단을 달려 내려온 건지는 알 수 없다. 생각을 했을 뿐인데 어느새 그곳에 와 있는 것이다.

누군가 밖에서 문을 내리치는데, 습격을 받은 문은 폐병을 앓는 늙은 거인 같다. 내장이 튀어나올 듯 기침을 하고 나면 헐떡임이 뒤따르 듯, 쾅 소리에 흔들리고 나면 끝없이 먼지를 뱉어 낸다.

오래된 먼지는 정신 나간 사람처럼 공중을 떠다닌다.

먼지의 유영을 쫓아 나도 모르게 손을 내밀다가 하마터면 비명을 지를 뻔했다.

빛 속에 내민 나의 손이 투명했기 때문이다.

분명 손이 보이는데, 손 뒤에 있는 문짝의 무늬도 비쳐 보인다.

공포와 두려움에 정신없이 그를 찾았다.

하지만.

- 이름이 생각나지 않아. 그 사람을 불러야 하는데 이름을 모르겠어.

순간, 가슴이 아프다.

인두로 가슴을 지지는 듯하다.

너무 아파서 그런 걸까? 다음 순간엔 전혀 아프지 않은 것 같다.

아픈 걸까 아닌 걸까?

머릿속이 빙빙 도는데 한 장면이 떠오른다.

오페라 공연이 끝났는지 혹은 1부와 2부 사이의 인터미션인지.

화려하게 차려입은 사람들이 오페라 하우스 홀을 가득 메우고 있다.

몇 겹으로 쌓아 올린 샹들리에는 샴페인 색 빛을 뿜어내고 있고 사람들은 저마다 일행들과 어울려 얘길 나누고 있다.

쉴 새 없이 반짝이는 여자들의 귀걸이와 목걸이 그리고 샴페인 거품처럼 터지는 웃음소리. 그 화려함에 가벼운 어지러움을 느끼다가 일순 공간과 시간이 정지해 버렸다.

사람들 틈에서 그를 보았기 때문이다.

아름다운 아내와 마주 보며 부드럽게 웃는 그 사람. 처음부터 내 것이 아니었던 미소가 얼굴에 가득하다.

평범한 연인 사이였다면 이런 만남이 즐거운 우연이겠지만, 나에겐 잔혹한 함정이다. 코앞에 있어도 이름을 부를 수 없는 금기의 인연이라는 사실이, 칼에 베인 듯 또렷하게 다가온다.

혀끝까지 굴러 나온 그의 이름을 어금니로 씹어 삼키고 있는데, 누군가 내 이름을 부른다.

남편이다.

남편을 향해 돌아서는데 시야의 언저리에 그가 얼핏 보인다.

내 이름을 듣고 나를 향하는 그의 얼굴이.

오페라 홀의 만남 후에, 탁 트인 곳에서 그의 이름을 맘 편히 부르는 걸 상상하곤 했었는데 이젠 그의 이름을 기억할 수조차 없다니.

눈물도 나지 않는다.

눈물은커녕 울음소리도 낼 수가 없다. 몸이 꽉 막혀 버린 것이다.

소리가 막히고 피가 막히고 숨이 막힌다.

쾅!

폐병을 앓는 늙은 거인이 다시 한 번 몸을 들썩이자 또다시 먼지가 뽀얗게 떠오르고 그 속에서 그의 얼굴이 떠오른다.

숨이 막혀 죽은 그의 얼굴.

그날은 그저 아무 날도 아니었다.

우리 두 사람 중 한 명의 생일이었다거나 축하할 일이 있었던 것도 아니었다. 크리스마스이거나 부활절도 아니었다.

몇 번의 시도와 기다림 끝에 시간을 내서 우리는 나란히 은둔의 성문을 열고 들어왔다.

기다림이 너무 길고 지루해서 지쳤던 걸까.

특별한 대화를 나누지도 않았고 가슴 벅차게 끌어안지도 않았다.

소박한 저녁 식사를 마치고 작은 촛불과 함께 우리들의 침대에 몸을 뉘었을 뿐이다. 간간히 얘기를 나누다가 잠깐 잠이 들었다가 눈을 떴는데 문득 그가 그리워졌다.

초를 들어 푹신한 이불 속에 푹 파묻힌 그를 바라보았다.

흔들리는 불빛 속에 그 사람은 유난히 아름다워 보였다.

이마에서 코로 흐르는 유려한 선을 보자 가슴이 벅차올랐다.

살그머니 손을 들어, 그의 뺨에서 목으로, 다시 어깨로 천천히 쓰다

듣었더니 서늘한 느낌이 전해진다.

그의 몸은 항상 서늘하다.

아무리 뜨겁게 달아올라도 늘 그랬다.

그 느낌을 얼마나 사랑했던가.

눈물이 날 것 같아 눈을 질끈 감았다.

그러다가 천천히 초를 내려놓고 큰 숨을 조심스럽게 몰아 쉰 뒤 베개를 집어 들고 그의 얼굴을 덮었다.

처음에는 반응이 없던 그의 몸이 펄떡이기 시작했다.

눈물이 흘렀지만 눈은 감지 않았다.

한순간 그의 힘에 밀려 베개를 누르는 팔에서 힘이 빠질 거 같았지만 아랫입술에서 피가 맺히도록 이를 악물고 팔에 힘을 주었다.

이 모든 게 얼른 끝장나길 기도하며 바위처럼 버텼다.

영문을 몰라 마구잡이로 휘젓던 그의 팔이 급격하게 속도가 느려진다. 몇 번인가 다시 솟구치다가 결국 팔이 툭 떨어지고 몸의 허우적거림도 멈췄다.

모든 펄떡임이 완전히 멈추고 나서 한참 후에야 베개를 치웠다.

영문도 모르고 눈을 뜬 채 숨을 멈춘 그는 멍해 보였다.

미소도 없고, 세련된 말투도 없고, 아내를 향한 다정한 눈빛도 없는 그 얼굴은 오롯이 나만 아는 얼굴이다.

이 세상에 오로지 나를 향한 얼굴.

나만의 얼굴을 한참 바라보다 눈을 감겨 주었다. 치렁치렁대는 내 잠옷의 앞섶에는 핏자국이 남아 있다. 아랫입술에서 흐른 것이다. 손

끝으로 가만히 그것을 만져 보다가 침대를 빠져나와 잠옷 차림 그대로 아래층 주방으로 내려갔다.

은둔을 위한 집이었기에 주방 도구는 별 게 없었다.

아쉬운 순간에 필요한 몇 개의 그릇과 냄비들 그리고 간단한 커트러리◆.

그중에 다급히 찾아 든 건 요리용 커다란 칼이었다.

번쩍이는 금속은 언제나처럼 고요했다.

그를 위한 음식을 준비할 때마다 느낀, 불안하면서도 더할 수 없는 희열을 기억하는 칼.

우리의 비밀스러운 행복을 온전히 이 집 안에 가둘 수 있게 해 줬던 입이 무거운 칼.

빛나는 칼날은 모든 소리를 빨아들였다.

그가 몸부림을 칠 때 삐걱대던 침대 소리도

아래층으로 내려올 때 계단의 비명도 모두 사라지고

이젠 아무 소리도 들리지 않는다.

고요한 칼을 들고 배를 향하게 한 다음 팔에 힘을 주었다.

바닥에 쓰러지니 끈적한 것이

배 쪽에서 흘러나와 가슴을 적시고 어깨를 지나

바닥에 닿은 왼쪽 뺨을 적시고 머리카락 속으로 스멀스멀 스며든다.

비릿한 냄새가 풍겨 와 구역질이 날 것 같다.

◆ 테이블에서 쓰는 은식기류의 총칭. 혹은 나이프 포크 스푼 등의 식사용 기구

하지만 그뿐.

나는 구역질 한 번 하지 않고 그 자리에 꼼짝 않고 아주 오랫동안 누워 있었다.

콰광!

돌이켜보니 예전에도 이런 소리를 들은 적이 있다.

그때는 누군가 거칠게 문을 뜯고 들어오더니 코를 싸매고 구역질을 해 댔다.

낯선 사람은 아무도 없냐고 이 방 저 방 뒤지고 다니다가, 비명을 질러 대며 밖으로 뛰쳐나갔고, 그 후에 수많은 사람들이 집으로 몰려들었다.

사람들은 이층 방과 부엌에서 혀를 끌끌 차거나 듣기 거북한 거친 말을 주고받았다.

온 집 안의 문을 함부로 열었고 쿵쾅거리며 방을 뒤지고 다녔다.

그렇게 분주히 움직이는 사람들이 몇 번이나 들락거리더니 나중엔 나의 남편이 보였고 그의 아내도 보였다.

근데 그 떠들썩함을 지켜보고 있던 나는 대체 어디에 있던 걸까.

방이었을까.

복도였을까.

부엌이었던 것도 같고 거실이었던 것도 같다.

모든 걸 보고 있었지만 아무도 나를 보지는 못했다.

사람들이 오가고 난 후 이제는 나 혼자다.

집 안의 모든 문은 단단히 잠겼고 아무도 오지 않았다.

무너진 흙더미처럼 집 안으로 밀려들어 온 건 고요였다.

나는 고요의 품속에서 꼼짝하지 않았다.

그곳은 그와 나를 둘러싼 온갖 추문과 저주로부터 도망칠 수 있는 은둔의 성이니까. 그와 나의 유일한 장소니까.

또다시 쾅!

빛이다!

크노프 〈버려진 거리〉

숨이 턱 막히는 막막함과 이유를 알 수 없는 불길함.
그런 느낌을 받지 못했다면 다시 한 번 그림을 봐 주길.
작가는 공기의 질감까지 완벽하게 그려 낸 듯하다.
크노프가 그린 풍경은 벨기에 도시 브루게이다. 우리에겐 낯설지
만 중세 유럽 도시의 모습을 그대로 간직하고 있는 곳으로 유명
하다.
아직 가 보지 못한 이 도시는 몇 가지 회로로 나를 자극했다.

첫 번째 회로.
벨기에 작가 조르주 로덴바흐의 소설 〈죽음의 도시, 브루게〉.
소설은 사랑하는 여자를 그리워하며 세상과 단절된 채 살아가는
주인공의 이야기인데, 이 그림은 바로 그 주인공이 살고 있는 집의
풍경이다. (이 책은 우리나라에 번역되지 않아 자세한 내용은 모른다.)

두 번째 회로.
작품을 그린 화가는 벨기에 화가 페르낭 크노프.
그는 신비롭고 미스터리 한 분위기의 그림들로 유명한데, 그의 작
품 속 여인은 모두 한 명의 모델이다. 바로 그의 여동생. 아름답고
알 수 없는 표정의 모델이 친여동생이라는 게 알려지면서 크노프

는 이런저런 소문에 시달렸는데, 그 탓인지 화가는 점차 사람들과의 교류를 단절하고 작품에만 몰두했다. 작품은 신비롭고 사생활은 묘했던 화가가 〈죽음의 도시, 브루게〉를 읽고 그에 영감을 받아 그림을 그렸으니 작품의 아우라는 한결 더 의미심장하게 다가온다.

세 번째 회로.
우리나라에선 〈쓰리 빌보드〉라는 작품으로 알려진 마틴 맥도나 감독의 〈킬러들의 도시〉라는 영화.
원제는 〈In Bruges〉.
뭔가 어이없고 어설퍼 보이는 킬러들이 등장하지만, 상징적인 장면들과 종교적인 질문이 감지되는 씬이 뒤섞인 이 영화를 보고 나면 브루게라는 도시에 가고 싶다는 소망이 맹렬해진다. 심지어 영화 속 인물이 자신을 브루게로 보낸 보스에게 하는 말은, 소망을 더욱 강렬하게 만든다.
"깨어 있다는 걸 알지만 꿈속처럼 느껴져요."
깨어 있지만 꿈속 같은 도시.
사랑을 잃었지만 그 사랑에 영원히 사로잡히게 만드는 도시.
사랑하지만 사랑을 확인받을 수는 없는 도시.
그림은 어서 그곳으로 가라고, 가서 그곳의 안개를 숨 쉬어 보라고 고요하게 유혹한다.

아가야,
젖을 빨렴

"그림 지겨워. 하나도 재미없어."

아이는 제자리에 우뚝 서 버린다. 이곳에서 아이는 내내 저런 식이다. 그림이 재미없고, 사진 찍는 게 재미없고, 전차를 타는 게 재미없다.

재밌는 건 오직 식당에 가서 주문한 음식이 나오기 전에 잠깐씩 허락해 준 스마트폰 게임뿐이다.

"여기엔 유명한 그림들이 많거든. 조금만 더 가면 볼 수 있는데."

"무슨 그림인데?"

"굉장히 유명한 건데, 그 그림 앞에서 찍은 사진 보면 친구들이 부러워할 거야. 이렇게 유명한 그림을 직접 봤냐구."

"애들은 그런 거 안 부러워 해. 미술관 다녀온 애들 많아."

하긴. 방학 직전 모였던 엄마들 모임에서 들으니 이번 여름방학에

지오반니 세간티니, 〈사악한 엄마들〉, 1894, 캔버스에 유채, 200×105 cm

도 아이들은 유럽으로 미국으로 저마다 스케줄이 바빴다. 여자의 가족들 역시 빈으로 날아와 며칠째 여행 중이다.

기대가 컸던 것일까?

음악이 흘러넘칠 줄 알았던 빈은 여름휴가 시즌을 맞아 온 도시가 연주를 멈췄다.

그 대신 시내 관광지에선 모차르트 이름을 내세운 상업적 연주회장의 호객꾼들이 18세기 풍의 의상을 입고 나와 관객들을 불러 모으고 있었다. 음악이 아닌 쇼를 파는 빈은 왠지 시들해 보였다.

"나 화장실."

아이는 또다시 화장실 타령이다. 벨베데레 궁전에 들어와서 사진을 찍고 미술관을 구경하는 동안 벌써 몇 번째인지 모르겠다.

"또?"

여자는 짧게 한숨을 쉬며 눈으로 남편을 찾았다. 전시실을 둘러봤지만 남편의 모습은 보이지 않는다. 여자와 아이의 속도 따위는 배려하지 않고 자신의 속도대로만 다니는 남편은 아마 일찌감치 앞서 가 있나 보다.

"아빠 없으니까 쫌만 참아. 좀 있다 아빠 만나면 아빠랑 같이 가."

"싫어. 나 지금 마렵단 말야."

"괜찮아. 좀 전에도 갔다 왔으니까 버틸 수 있을 거야, 알았지?"

여자가 달래 줬지만 열 살 사내아이는 표정을 풀지 않는다. 짜증과 더위 때문에 발갛게 달아오른 두 뺨에 쭉 내민 입술, 땀 때문에 앞머리가 이마에 찰싹 붙어 있는 모습은, 사진으로 본 남편의 어릴 적 모습 그대로다. 그렇게 자신을 빼닮았건만 남편은 아이를 살갑게 대한 적이 없다.

무능한 시아버지 대신 집안을 이끌면서 셀 수 없는 돈을 거머쥔 시어머니와 그런 어머니의 기대와 관심 속에 자란 남편. 누구 앞에서나 자랑할 만한 아들이 여자와 결혼하고 신혼여행을 마치고 본가에 간 날, 시어머니는 묵직한 함을 내밀었다.

"열어 봐라."

열어 보니 보석이 촘촘히 박혀 있는 화려한 손목시계가 담겨 있었다.

"이건 널 위해서 따로 준비한 선물이다. 지금 줄 건 아니고 이담에. 니가 내 손자를 안겨 주는 날에 주마."

눈부신 화려함에 얼떨떨해진 여자가 딱히 대답할 말을 찾지 못하고 있는데 시어머니는 다시 한 번 확인해 줬다.

"다시 말해 두는데 손녀가 아니라 손자일 때다. 알았지?"

그 후 남편의 어머니는 1억 원이 넘는 시계를 금고 깊숙이 넣어 뒀고, 여자는 그날부터 피임을 하지 않았다. 반드시 아들을 낳으리라. 내 아이에게는 돈이 보장해 주는 미래를 선물하고, 나는 찬란한 시계를 선물 받으리라. 오래지 않아 사내아이가 태어났고, 아이를 낳은 직후 온몸이 노곤했지만 어머니가 병원으로 직접 들고 온 시계를 받아 손목에 찼다.

손목은 묵직해졌고 마음은 든든했다.

그때까지만 해도 품속의 아이는, 손목시계보다 몇 곱절 환하게 빛나고 있었다.

어린 시절부터 뭐든지 뛰어나고 칭찬과 박수만 받던 남편은 주어진 걸 겨우 해내는 아들이 마뜩하지 않았다.

공부하는 걸 도와준 적은 한 번도 없으면서 성적표에는 엄격했고, 그 흔한 캐치볼 한 번 해 준 적 없으면서 아이가 둔하게 움직이는 걸 보면 차갑게 혀를 차곤 했다.

무엇보다 아이를 얼어붙게 만드는 건 교회에 갈 때이다. 남편은 아이를 어린이 예배에 보내지 않고 대예배에 같이 데려가서 아이가 지루해서 뒤척이면 몸을 숙여 아이의 귀에 대고 속삭이곤 했다.

"똑바로 앉지 못해?"

얼음 박힌 그 말에 아이는 감전된 듯이 몸을 꼿꼿이 세우곤 했지만 어린아이가 감당하기에 목사님 설교는 너무 지루했다. 그러면 아이는 입으로 손을 가져간다. 주먹을 쥔 채 입에 갖다 대고 둘째 손가락의 마디를 잘근잘근 깨무는데, 초조해질 때면 나오는 버릇이다.

오른손 왼손 할 거 없이 번갈아 가며 깨무는 탓에 아이의 검지엔 굳은살이 박일 지경이다. 굳은살이 커지는 만큼 여자의 초조함도 커졌다.

"쟨 누굴 닮아 저 모양이야?"

아이가 초등학교에 입학하고 며칠 지나지 않아 친구들을 때려서 여자가 학교로 호출을 당했던 날, 남편은 집에 들어와서 아들을 힐끗 보더니 싸늘하게 내뱉었다. 그뿐이었지만 여자는 알았다. 기대에 못 미치는 아들을 모두 여자 탓으로 생각한다는 걸 말이다. 유치원 수업 참관일에, 바이올린을 연주하려던 아이가 긴장한 나머지 활도 제대로 들지 못하는 걸 본 후부터 남편은 아들의 가능성을 의심하기 시작하더니, 학교 호출 날엔 심증을 확인했다는 눈치다. 그때부터 여자는 생활을 바꿨다. 아이 학교 엄마들 모임에 누구보다 열심히 나갔고, 동창들을 수소문해서 학원이나 과외 정보에 훤하다는 친구를 만나 밥을 샀다. 국어, 영어, 수학 등 주요 과목 과외는 물론이고 축구 클럽과 수영 개인 레슨으로 아이의 스트레스를 관리했으며, 눈에 띄는 학생이 되라고 클라리넷을 배우게 하고 방송 댄스 학원에도 보냈다.

아이의 하루는 쉴 없이 돌아갔고 여자도 덩달아 바빠졌다.

빡빡한 일정 땜에 아이가 위축되지 않도록 밤에 아들이 침대에 들어갈 땐 특별히 처방 받은 아로마 오일을 발라 주었고 아이의 심리적 안정을 위해서는 환경을 체크해야 한다는 색채 전문가의 진단을 받아 가구와 벽지 침구 색깔까지 꼼꼼하게 바꿔 줬다. 그럼에도 뭔가 잘못된 것일까?

학교에 호출되는 주기는 점점 더 짧아졌고 아이의 굳은살은 점점 더 커져 갔다.

아이는 여전히 뚱한 표정으로 마지못해 따라오고 있고 남편은 보이지도 않는다.

새로운 방에도 그림이 가득하지만 심드렁하다.

대체 이 여행은 누굴 위한 것일까?

아이에게 유럽을 경험하게 해 주기 위해? 남편의 스트레스 해소를 위해? 여자의 추억을 위해?

아무리 생각해도 선뜻 떠오르는 답이 없다.

벽을 채운 그림들 위로 의미 없는 시선이 미끄러질 뿐 아무런 감흥도 없고 느낌도 없다.

환한 햇살 아래 모여 함께 화관을 만드는 아이들 그림을 보니 문득 지난봄 생각이 났다. 학교에서 돌아와야 할 시간인데 아이가 오지 않았다.

집에 오면 바로 씻고 간식을 먹여 수학 학원에 가야 하는 빠듯한 스케줄인데 말이다. 마음이 급해진 여자가 아이한테 전화를 걸려고 할 때, 현관문 번호 키를 누르는 소리가 들려왔다.

"왔어?"

반갑게 나가 보니 아이 손에 뭔가 잔뜩 들려 있었다.

스타킹과 옷걸이로 만든 라켓, 페트병 뚜껑을 바퀴로 붙인 구둣솔 자동차, 우유팩으로 얼기설기 만든 트럭 등등. 오늘 학교에서 움직이는 장난감을 만든다고 하더니 그것인가 보다. 아이에겐 수수깡을 이용한 풍차를 만들 재료를 들려 보냈는데, 그건 보이지 않았다.

"풍차 만들지 않고 딴 거 만들었어? 이게 다 뭐야?"

"몰라!"

아이는 신경질적으로 대답하고는, 들고 있던 것들을 냅다 던지고 마구 밟아 댔다. 자동차 바퀴였던 페트병 뚜껑이 튀고 우유팩 트럭이 클랙슨도 못 누른 채 찌그러졌다. 어리둥절해 있는데 여자의 전화기가 울렸다.

"여보세요? 준호 어머니죠?"

낯선 번호의 목소리는 노기등등했다.

"댁의 아들이 오늘 우리 애를 때리고, 만든 걸 뺏어 갔어요, 아세요?"

여자는 잠시 기다려 달라고 하고, 아이를 쳐다봤다.

"내 풍차는 자꾸 망가지는데 애들이 지네는 다 만들었다구 자꾸 자랑하잖아! 미워!"

아이는 부끄러움과 부러움에 휩싸여 닥치는 대로 깨물고 때린 후 약탈한 것이다.

빨갛게 달아오른 어린 폭군은 여전히 씩씩대고 있었다.

여자는 아이한테 얼른 씻고 나오라고 말한 뒤 다시 전화기로 돌아갔다. 잠시 숨을 고른 후, 식탁에 깔린 대리석처럼 매끈한 목소리로 말했다.

"알겠는데요, 전화를 해서 다짜고짜 그쪽이 누구신지 밝히시지도 않고 이러는 거, 무례하신 거 아니에요?"

전화기 저편에서 "허!" 소리와 함께 목소리가 점점 높아졌지만, 여자는 대꾸하는 대신 눈으로 아들의 동선만 좇았다.

욕실에서 아이가 씻고 나오자, 여자는 손짓으로 아이를 불러 식탁 위 샌드위치를 먹으라는 시늉을 했다. 아이가 식탁에 앉자 이번엔 입은 크게 벙긋대면서 작은 소리로 말한다.

"냉장고! 딸기 주스 만들어 놨어!"

전화기에선 여전히 성난 목소리가 으르렁댔지만, 아이가 샌드위치를 쑤셔 넣고 딸기 주스를 마시자, 여자는 다시 벙긋대는 입 모양으로만 말한다.

"얼른 먹고 수학 가야지!"

아이들의 웃음소리가 들려올 것 같은 그림을 보며, 우리 아이는 단한 번도 저런 풍경 속에 있어 본 적이 없다는 생각에 여자의 걸음이 느려진다.

그 순간 들려온 비명.

그리고 이어지는 알 수 없는 외국어의 여자 목소리.

어느 나라 사람들이 이렇게 시끄럽나 하며 발길을 돌리는데, 퍼뜩 익숙한 실루엣이 눈에 잡힌다.

양손으로 잡는 유아용 주스 통을 들고 쭉쭉 빨고 있는 여자의 아들이 보였기 때문이다. 바로 옆에는 울음을 터뜨린 아기를 유모차에서 들어 올려 달래는 서양 여자가 있었다. 그녀는 이태리어인지 스페인어인지 알 수 없는 말로 지껄였지만 아들은 거들떠보지도 않았다. 순간, 어떤 상황인지 감이 왔다. 덥고 지루하다고 투덜대던 아이가, 서양 아기의 주스를 뺏어 먹고 있는 것이다. 어이없는 상황에 입만 벌린 채 꼼짝 못하고 있는데, 익숙한 목소리가 들려왔다.

"저 미친놈."

씹어 뱉듯 툭 던지는 낮은 목소리.

남편은 재빨리 서양 여자에게 다가가 깍듯하게 영어로 사과하더니 아이한테서 주스 병을 빼앗아 돌려줬다. 흥분이 가라앉지 않은 서양 여자가 계속 뭐라고 하자, 남편은 정중하지만 깔끔한 태도로 뭐라고 하더니 지갑에서 돈을 꺼내 건넸다. 서양 여자는 사양했지만 남편은 손을 거두지 않고 몇 마디를 더하자, 결국 못 이기는 듯 돈을 받아 돌아섰다.

여자를 보낸 남편은 천천히 아이를 돌아본다.

아이는 이미 하얗게 질려 손가락을 깨물고 있다.

남편은 아무 말하지 않았지만 아이는 아빠의 시선에 창자라도 찔린 표정이다.

점점 더 굳어지더니 선 채로 오줌을 싼다.

"이 자식!"

차갑고 짧은 말과 함께 남편의 얼굴에 맹독이 퍼지는 거 같더니 손이 올라간다. 아이를 후려치려는 순간, 여자는 들고 있던 가방으로 남편을 힘껏 갈긴다.

"내 새끼 건드리지 마!"

여자와 남편의 신발 밑으로 스멀스멀 오줌이 밀려오고 미술관 직원들이 달려온다. 술렁대는 사람들 얼굴 사이로 그림이 보인다.

옆으로 긴 그림에선 거친 찬바람이 위이잉 위이잉 몰아치고 있다. 제멋대로 꿈틀대는 나무가 오른쪽 위에서 중앙으로 화면을 가로지르고, 그 위엔 산발한 여자가 젖가슴을 드러내 아기를 먹인다.

으르렁대는 바람 속에 미쳐 날뛰는 어미.

광란의 생명력에 스스로 도취돼 눈마저 절로 감겨 있다.

어미는 주변 생명까지 모두 빨아들여 젖을 불린다.

그리고 어린것의 주린 배를 끝없이 채워 준다.

세간티니 〈사악한 엄마들〉

광포한 생명력.

이 그림을 처음 접했을 때의 느낌이다.

생명의 흔적을 찾기 힘든 얼어붙은 풍경과 매서운 바람에도 아랑
곳 않고 꿈틀대는 인물들의 대비.

그림에서 세찬 바람 소리가 들려오진 않았는지.

모공이 바짝 서는 냉기가 느껴지진 않았는지.

어떤 그림은 소리와 온도까지 담아낸다.

지오반니 세간티니는 이태리 가난한 농부 집안에서 태어나 궁핍
하고 불우한 어린 시절을 보냈다. 미술학교에서는 재능을 인정받
기도 했으나 사람들과 어울리는 걸 힘들어 했고 결국 자신이 사
랑하는 알프스로 들어가 평생을 '알프스의 화가'로 살았다.

많은 작품에서 알프스 농민들의 소박한 삶을 따뜻하게 담아냈지
만, 이 작품은 전혀 다른 정서를 그려 낸다.

사실 필자의 상상력과는 결이 많이 다른 의도를 담고 있는데, 여
성의 사회 진출에 대한 세간티니의 반감이다. 어려서 병으로 어머
니를 잃은 화가는 평생 어머니의 따스한 품을 그리워했는데, 그
당시 서서히 일어나기 시작한 여성 사회의 움직임이 세간티니의
눈에는 부정적으로 비친 것이다. 가정에서 자녀들을 푸근하게 품

어 줘야 할 여성들이 집 밖으로 나온다는 것을 받아들이기 힘들어 했고, 이 작품은 그런 의도로 그려진 것이다.

하지만 좋은 작품이란, 작가의 의도를 좀 벗어나더라도 다양하게 읽히고 느껴질 수 있어야 하지 않을까.

아무런 사전 지식 없이 처음 이 작품을 대했을 때도 그랬다.

어쩌면 세간티니의 의도와는 대척점에 있는 느낌.

자신의 젖을 빠는 어린것에 대한 집착과 사랑에 스스로 도취되어 절로 눈을 감은 어미들. 그 모습이 전혀 낯설지 않았다.

우아하게
야~옹

1.

컴퓨터 본체 위.

컴퓨터 모니터 앞.

냉장고와 김치냉장고 위.

옷장 안.

식탁 아래.

뒤 베란다 창틀.

서재에 놓여 있는 회전의자.

소파 아래.

물건을 꺼낸 택배 상자.

캣 타워 제일 위 칸.

소파에 누운 사람들이 덮은 무릎 담요 위.

변상벽, 〈묘작도〉, 18세기, 비단에 담채, 93.7×43 cm

그리고 그 밖에 이 집 안의 모든 곳.

그곳은 나의 영토였다. 이 집 안에서 내가 가지 못할 곳은 없었고 나를 방해하는 자도 없었다. 물론 이 집의 남자는 내가 식탁 위나 싱크대에 올라가면 소리를 질러 댔지만 잠깐 피하면 그만이었다. 어차피 그는 아침에 나갔다가 어두운 밤이 돼야 집에 돌아왔고, 사람들이 모두 나가 있는 낮에는 집 안 구석구석 어느 한 곳 내 영역이 아닌 곳이 없었다. 이토록 완벽한 나의 왕국이 무너진 건 저 녀석 때문이다.

어느 날, 이 집의 여자아이가 품안에 몰래 안고 들어온 녀석.

눈에 보이진 않았지만 나는 알았다. 수상한 존재가 집 안에 숨어들었다는 것을.

2.

여자 아이의 방에만 숨어 있던 녀석은, 이 집에 들어온 지 열다섯 밤이 지나고 드디어 나와 처음으로 만났다.

작고 초라한 녀석이었다.

한눈에 보기에도 제 나이만큼 자라지 못한 게 틀림없었다. 두 살은 훌쩍 넘어 보이는데도 뭘 모르는 듯이, 자신보다 훨씬 위엄 있고 덩치 큰 나를 보고도 피하거나 경계할 줄 몰랐다. 첫 만남인데 나를 빤히 보며 냥냥거렸다. 하지만 아무리 작아도 낯선 녀석은 조심해야 한다. 예의와 조심성을 몸에 익힌 나는, 경계심 때문에 온몸의 근육이 긴장됐다. 몸을 납작하게 낮추고 꼬리 끝까지 힘을 준 채 녀석 쪽으로 조심조심 다가갔다.

"오늘부터 네 동생이야. 네가 낯설어 할까 봐 지금까지는 안 보여

쳤는데 이젠 얘가 위험한 아이가 아니란 거 알았지? 서로 사이좋게 지내. 거리에 버려져서 힘들게 살던 아기니까 네가 많이 봐줘야 해."

평소에 나와 제일 많은 시간을 보내고, 간식을 직접 만들어 주는 여자가 목소리를 한껏 부드럽게 꾸미며 말했다. 돌보라니? 내가 왜?

"냥!"

눈치 없는 녀석이 한마디한다.

'냥!'이라니. 고양이라면 '야~옹' 품위 있게 발음할 줄 알아야지.

3.

어라? 저 녀석 봐라? 여자가 일어나서 방에서 나올 때 자기가 먼저 달려가네?

어이가 없다.

아침에 침실 문을 열고 나오는 여자를 맞이하는 건, 지난 8년 동안 나의 일이었다.

여자는 그것을 '아침 세리머니'라고 불렀다.

세리머니는 여자의 알람 소리로 시작된다. 그 소리가 들리면 나는 침실 문 앞으로 달려가서 어서 일어나라고 문을 긁었다. 그러면 방문 저편에서 남자가 시끄럽다고 투덜대는 소리가 나고, 잠시 후에 여자가 손가락을 입에 대고 조용히 하라며 문을 열고 나온다. 그러면 우리 둘은 나란히 욕실에 들어간다. 여자가 변기에 앉아 소변을 보는 동안 그녀의 종아리에 뺨을 비벼 대면 여자는 내 등을 쓰다듬으며 아침 인사를 전한다.

잠시 후 여자가 변기의 물을 내리면, 나는 한 걸음 먼저 주방으로 달려가 정수기 옆에서 그녀가 물을 받아 먹기를 기다린다. 물까지 마시고 나면 여자는 비로소 눈을 제대로 뜨고 나의 물그릇이나 밥그릇을 채워 준다.

그것은 8년 동안 이어 온 우리만의 아침 의식이었는데, 저 녀석이 그걸 단숨에 깨버렸다.

알람 시계 소리가 들려와서 방문을 긁자 여자가 나왔는데, 방심한 사이, 녀석이 뽀르르 여자에게 먼저 달려간 것이다.

이럴 수가.

그녀를 깨운 건 난데, 저 녀석이 먼저 아침 인사를 받다니.

녀석에게 먼저 인사를 건넨 여자는 뒤늦게 나를 발견하고 다급하게 인사를 건넸지만 나는 받지 않았다. 나는 두 번째라는 순서가 익숙하지 않다.

더 기가 막힌 건 그다음이다.

내가 여자의 손길을 외면하자, 여자는 화내지 말라는 말과 함께 욕실로 들어갔는데, 이번에도 녀석이 냉큼 여자 뒤를 쫓아간 것이다. 그러더니 내가 하던 거처럼 여자의 종아리며 발에 뺨과 이마를 비벼댄다.

물론 똑같은 행동이어도 우리 둘은 너무 다르다. 나는 애정과 신뢰를 담되 우아하게 비벼대는 반면, 녀석은 치대며 호들갑을 떨어 댄다. 어떻게 저렇게 뻔뻔하고 무례할 수가 있지. 그런데도 여자는 녀석을 받아 주며 쓰다듬다니. 너무 기가 막혀 한동안 둘을 멍하니 바라봤다.

여자는 그제야 나를 의식했는지 '너도 이리와' 손짓을 했으나, 다시 한 번 말하지만, 나는 두 번째라는 순서를 받아들일 수가 없다. 8년을 이어 온 소중한 아침 세리머니는 그렇게 어이없이 깨지고 만 것이다.

4.

쨍그랑!

집안의 공기가 요란한 소리에 출렁댔다.

시작은 저 녀석이었다.

나는 아량과 위엄을 발휘해 작은 녀석과의 전투를 애써 피하고 있는데, 상대방에 대한 존경과 배려를 배우지 못한 게 틀림없는 녀석은, 슬슬 눈치만 볼 뿐 작은 발로 나의 영토를 사뿐사뿐 돌아다닌다.

한 번은 참았고 두 번도 참았지만 이대로는 곤란하다.

녀석에게 최소한의 예의를 알게 할 필요가 있었다.

한동안 주의 깊게 살펴보니, 찬스는 녀석이 화장실에 다녀올 때다.

녀석과 나의 화장실은 베란다에 있었는데 거길 갔다가 거실로 오려면, 좁게 열어 둔 베란다 창문을 통해야 한다. 길목이 좁으니 공격이 수월해 보인다.

계획을 짠 후 타이밍을 기다리는데 드디어 녀석이 화장실에 간다.

나는 베란다 창문 앞에서 몸을 최대한 납작하게 숙이고 기다리고 있었다.

작은 녀석이 똥 냄새는 어찌나 지독한지. 그 냄새에 자극된 걸까. 녀석을 무릎 꿇게 하고 말리라는 야성이 꿈틀꿈틀 치밀어 온다.

드디어 녀석이 모래를 긁어 똥을 덮는 소리가 들린다.

이제 여기로 오겠지.

숨을 최대한 낮게 쉬며 어깨 근육이 튕겨 나갈 듯한 자세로 기다렸다.

열 걸음, 일곱 걸음, 다섯 걸음, 녀석이 시야에 꽉 차게 들어오자 재빨리 펀치를 날렸다. 그런데 아뿔싸. 얕잡아 본 탓일까. 녀석은 아슬아

슬하게 내 앞발을 피하고 TV장으로 훌쩍 뛰어올라 달리기 시작했다. 나 역시 질주를 시작한다.

녀석은 TV장 위, 나는 마루, 우리 둘은 평행되게 달린다.

녀석의 뜀박질은 오종종하고 어설프다. 불안하기 짝이 없다. 더구나 녀석의 앞에는 수많은 장애물이 놓여 있다. TV장 위에 올려 둔 장식품들이다.

처음에는 벽에 걸린 TV와 연결된 스피커— 익숙한 듯 가뿐히 피했다.

이번엔 흰색 도자기 꽃병— 이번엔 좀 아슬아슬했다.

문제는 그 다음 장애물.

촛대이다.

촛대는 장식장의 폭을 거의 차지하고 있어서 무사히 피하기가 쉽지 않다. 보고 있는 나도 걱정이 앞서는데 녀석은 순간적으로 몸을 아주 얇고 길게 만들어 무사히 빠져나간다. 휴우. 다행이군.

헌데 다음 순간, 촛대보다 훨씬 작아서 피하기도 쉬웠던 유리 종을 녀석이 꼬리로 툭 쳐 버린 것이다. 맥없이 넘어진 유리 종은 장식장 아래로 떨어져 요란한 소리를 내며 박살 났다.

남자가 달려 나왔다.

녀석은 너무 놀라 TV장 위에 그대로 멈춰 있고, 나 역시 떨어지는 물건을 피하는 자세 그대로 몸이 굳었다.

남자는 유리 파편과 우리를 번갈아 보더니 표정이 변한다. 눈썹이 추켜올려지고 입이 벌어지는 게 포착되자마자 나는 재빨리 소파 밑으로 숨어들었다. 소파 밑으로 미끄러지며 흘깃 녀석을 돌아보니 귀가 납작해진 채 허둥지둥 주방으로 달려간다.

'녀석아 그쪽은 아니지. 식탁 밑으로 가라구!'

거리에 버려졌다고 하더니, 엄마한테서 고양이답게 몸 쓰는 법을 제대로 배우지 못한 게 틀림없다. 몸을 감춰 줄 지형지물이 없는 주방으로 향하다니. 주방에서 한동안 우왕좌왕하더니 뒤늦게 부랴부랴 식탁 밑으로 미끄러진다. 거기서 최대한 몸을 작게 웅크리고 꼼짝하지 않는다.

남자는 뭐라고 큰소리를 질러 댔지만 잠시 후에 여자와 아이가 나왔고, 남자를 달래서 욕실로 보냈다. 두 사람은 깨진 종을 잽싸게 치울 뿐 녀석과 나를 혼내지는 않는다. 비로소 긴장이 풀려 앞발을 쭉 뻗고 앉는데 녀석은 여전히 꼼짝하지 않는다.

깜박일 줄 모르는 듯 굳어진 눈은 여전히 겁에 질린 상태 그대로다. 녀석은 깨져 버린 종보다 애처로워 보였다.

5.

"맘마 줄까?"

오후가 돼서 집에 제일 먼저 돌아오는 사람은 늘 이 말을 한다.

나는 항상 예의 있게 '야옹' 대답한다.

꼬리를 흔들 때에도 품위와 아름다움을 지키려고 애쓰는 나이지만, '맘마'는 쉽사리 거절할 수 없다. 닭 가슴살을 부드럽게 삶거나 소금기를 뺀 생선 살로 만든 간식은 하루 중 가장 큰 기쁨을 만끽하게 해 주기 때문이다.

녀석이 오기 전에는 '맘마'는 나 혼자만의 도락이었지만 이제는 다르다.

녀석도 그 시간을 좋아하는 눈치다. 하지만 녀석은 아주 조금만 먹는다. 쭉 지켜본 결과 녀석의 덩치가 작은 건, 너무 적게 먹어서이다. 좋아하는 '맘마'도 몇 번 할짝거리고 나면 끝이다. 저 맛있는 걸 먹다 말다니. 마음 같아서는 녀석이 남긴 그릇에 당장 덤벼들고 싶지만 그건 부끄러운 행동이다. 내 그릇을 깨끗이 비운 후 녀석의 뒤에서 조용히 기다리니 녀석은 슬쩍 날 돌아보고 자리를 떴다. 그래도 내가 잠시 머뭇대자, 녀석은 짐짓 자신의 앞발을 핥으면서 딴전이다. 앞발 핥기는 고양이들의 수신호다.

모른 척할 때, 신경 안 쓰는 척할 때, 민망할 때, 아닌 척할 때, 우리는 앞발을 핥으며 시선을 돌리는데 녀석이 바로 그 사인을 보낸 것이다. 모른 척할 거라는 사인을 받았으니 더 이상 점잖을 떨 필요는 없다. 나는 즐겁게 녀석의 '맘마'를 깨끗이 처리했다.

의외로 녀석의 아량이 대견하다. 뼈 속까지 천박하다면 먹을 것 앞에서도 호들갑을 떨 텐데, 녀석은 점잖게 양보할 줄 알았다. 다만 식사 예절에서 아쉬운 건 건식 사료를 먹을 때다.

밥그릇에서 깨끗하게 먹는 게 아니라, 한 알씩 사료를 집어내서 바닥에서 먹는데 사료 부스러기를 사방으로 흘려 댄다. 그 꼴이 영 마뜩하지 않았는데 가만 보니 이빨이 엉망이다. 아마 이갈이를 할 때 돌봐주는 엄마나 사람이 없었나 보다. 처음에는 지저분한 식사 예절에 넌더리가 났지만 이빨 상태를 보니 더 이상 녀석을 탓하기는 힘들었다. 녀석은 품위를 훈련받지는 못했지만 그렇게라도 열심히 씹으면서 살아남았나 보다.

6.

요 며칠 하루에도 몇 번, 녀석은 무척 괴로워한다.

녀석에겐 고질적인 눈병이 있다. 눈곱이 많이 끼고 눈을 찡그린다. 며칠 전 이 집 사람들이 녀석을 병원에 데리고 갔다 오더니 길거리에서 얻은 병이라며 안쓰러워한다.

그러더니 하루에 몇 번씩 녀석의 눈에다가 물을 넣어 준다. 눈병을 고치는 약이라면서 넣어 주는데, 녀석은 그때마다 무척 괴로워한다.

헌데 우스운 건 녀석의 반응이다.

약을 넣을 때마다 진저리를 치면서도 녀석은 사람의 손길을 피하는 법이 없다. 잡혀서 괴로워했으면서도 그걸 잊고 또다시 손을 뻗으면 반가워서 냥냥거린다.

똑같은 일이 반복되지만 녀석의 반응은 한 번도 달라지지 않는다.

나 역시 이 집 사람들을 좋아하지만 함부로 만지게 내버려 두지는 않는다.

나를 만질 때는 그들이 원할 때가 아니고 내가 원할 때뿐이다.

내가 먼저 뺨을 비벼댈 때만 나를 쓰다듬을 수 있고, 내가 먼저 사람들 앞에 뒤돌아 앉을 때만 엉덩이를 통통 쳐 줄 수 있다. 사람을 깨우고 싶으면 앞발로 살짝 그들의 뺨을 건드리고, '맘마'를 원할 때는 사람을 부르며 주방을 향해 앞서간다. 내가 원할 때에는 원하는 걸 표시하고, 그들이 원할 때에는 기다리라고 외면한다. 나는 독립적이고 자주적인 고양이지 사람들의 애완품이 아니다.

그런데 녀석은 나와 좀 다르다.

녀석은 사람이 열 번을 원하면 열 한번 달려가고, 달려갈 때마다 꼬리를 살랑대고 골골 소리를 낸다. 한 번쯤 따끔하게 고양이의 자존심에 대한 얘기를 해 줄까 했지만 관두기로 했다.

녀석은 거리에서 살아남은 존재다.

그 생명력은 내가 배우고 익혀 온 것과는 다르다는 거. 나의 관용은 그걸 어렴풋이 짐작한다.

어쨌건 사람 손을 반가워하는 탓에 눈은 한결 깨끗해졌는데 눈병이 가라앉아서 그런가. 녀석이 제법 똘똘해 보인다.

사람들이 모두 나간 시간.

우리는 둘 다 느긋하게 마룻바닥에 배를 깔고 누워 있었다.

날이 따뜻했고 마루에 비춘 볕은 간지러웠다.

이 집 사람들이 나갈 때 바깥공기를 쐬라며 바깥 창문을 조금 열어 뒀는데, 그 틈으로 새소리가 크게 들린다. 조용히 일어나서 창문으로 다가가니 새들이 나무 위에 모여 재잘재잘 떠들어 댄다. 새들의 보송보송한 가슴 털이 눈높이에서 잡힌다.

새들이며 나무며 정원의 꽃밭이며 세상은 온통 봄의 수다로 가득하다.

천천히 물이 오르는 봄 풍경을 바라보는데 어느새 녀석이 옆에 와 있다.

귀를 쫑긋 세운 게 호기심이 바짝 당기나 보다.

"저런 새… 처음 보나?"

물으니 녀석의 대답.

"냥!"

짜아식. 냥이 뭐야. 고양이라면 '야~옹' 품위 있게 발음해야지.

녀석한테 알려 줘야 할 게 많다.

변상벽 〈묘작도〉

고백하건대, 이 글은 우리 집의 두 마리 고양이에게 바치는 글이다.

한 녀석은 9살이 넘었고, 또 한 녀석은 2살이 넘었을 거라고 짐작한다.

둘째 녀석의 나이를 '짐작'하는 이유. 그렇다. 녀석은 거리에 버려진 아이였다.

9살이 넘은 첫째가 집에 온 이유는 딸아이 때문이었다.

이제 마악 사춘기가 시작되는 나이에, 일하는 엄마 때문에 혼자 보내는 시간이 많은 아이를 위해 이런저런 고민을 하다가 고양이를 입양하면 어떨까 결정했다. 아무래도 고양이가 강아지보다는 손이 덜 가서, 아이가 돌보는 게 수월할 거 같다는 생각 때문이었다.

결정을 하고 나니, 그다음은 진행이 빨랐다. 엄마 아빠 형제들과 같이 살던 새끼 고양이인데 주인의 사정으로 입양 보내야 한다는 얘기를 들은 것이다.

그렇게 큰 녀석과 처음 만나던 날.

나는 첫눈에 녀석과 사랑에 빠지고 말았다. 이쁘게 생기거나 특별한 눈빛을 했기 때문이 아니다. 보는 순간 알게 된 거다. 이 아이는 쭈욱 나와 함께하리라는 것을.

그렇게 큰 녀석이 우리 집에 온 지 9년.

가끔 그 녀석을 보면 울컥하곤 한다.

6학년이었던 딸아이가 이제는 어엿한 20대로 자라나기까지, 도움을 받은 이들을 헤아리면 그 녀석을 빼놓을 수 없다.

물론 고양이는 딸의 밥을 챙겨 주지도 않았고, 교복을 다려 주지도 않았고, 늦은 밤 공부를 도와준 적도 없지만 하마터면 외로울 뻔한 아이의 곁을 변함없이 지켜 줬다. 엄마가 아직 퇴근하지 않은 집에 들어온 아이 곁을 파고들어 온기를 나눠 줬고, 부드러운 눈길과 우아한 동작으로 한창 예민한 나이의 아이를 달래 줬다.

뭘 해서가 아니라 그냥 존재만으로 고마운 녀석.

그런 녀석이 느닷없이 동생을 맞았으니 힘들고 어려웠을 게 뻔하다.

수의사가 들려준 주의 사항과 인터넷에서 확인한 '고양이 합사'의 어려움 때문에 온 가족이 맘을 졸였으나, 큰 녀석은 대견하게도 특별한 말썽 없이 자신의 영역을 양보했다. 책을 뒤적이다 이 그림을 본 순간, 고마운 그 녀석을 떠올리지 않을 수 없었다.

조선 중기의 화가 변상벽은 '변고양이'라는 별명이 있을 정도로, 고양이 그림을 잘 그리는 작가였다. 가는 붓으로 고양이 털을 하나하나 그려 나간 집중력과 고양이 특유의 몸짓을 정확하게 포착한 솜씨는 감탄을 자아내게 만든다. 원래 이 작품은 70세 노인의 생일을 축하하는 의미로, 노인을 상징하는 고양이와 다복한 자녀들을 상징하는 참새를 그려 넣은 것인데 굳이 의미를 모르더라도 눈길을 사로잡기에 충분히 아름다운 작품이다. 고양이의 시선을 따라가면 참새가 지저귀고 고양이가 한가롭게 장난치는 느긋한 풍경 속으로 들어가게 된다. 흔히 그림에 귀신이 씌었다고 말하면 뭔가 으스스한 느낌이 들지만, 이런 그림을 봤을 때 뭔가 씌었다는 느낌을 받는다. 그렇지 않고서야 그림과 나 사이에 몇 백 년의 세월이 있는데, 그림 속의 햇살과 공기까지 생생하게 느껴질 수 있을까.

멋진 그림은 뭔가 단단히 씌어 있는 게 분명하다.

오늘도
불편

보호자.

이놈의 보호자 타령.

나이가 마흔이 넘었으니 보호자는 이미 내 자신인지 오래 아닌가.

"다 쓰셨죠?"

간호사가 묻는다. 얼른 써서 달라는 시늉으로 손을 내밀고 있다.

나는 보호자 이름과 연락처를 써 넣는 빈칸을 채워서 입원 서류를 넘겼다. 진단을 받아 입원하기까지 서류마다 보호자 써 넣는 칸이 있곤 했다. 그때마다 느꼈던 옅은 황망함이란. 남들은 아무렇지도 않게 넘겼을 그 대목에서 나의 볼펜은 번번이 문턱에 걸리곤 했던 거다.

"남편 분 오셨죠?"

"결혼 안 했는데요."

"그럼 여기 보호자는…?"

알브레히트 뒤러, 〈멜랑콜리아 I〉, 1514, 동판화, 24×19 cm

"친구예요."

"아 네….."

이거 보세요, 이 나이에 결혼 안 했다는 말에 그렇게 낭패스러운 표정까지 지을 건 없잖아요. 하마터면 이 말이 튀어나올 뻔했다.

나도 안다. 간호사의 표정과 말은 관성일 뿐, 특별한 의미가 없다는 걸 말이다. 그런데도 간호사의 그 미묘한 낭패감을 잡아채고 말다니. 나의 예민한 눈썰미가 거추장스러웠다.

"그럼… 환자복은 제가 방에 갖다 드릴게요. 그리고 여기 이거… 입원 환자들이 알아 둬야 할 사항을 적어 둔 거니까 읽어 보시고… 오기 전에 뭐 좀 드셨어요?"

"네 뭐 간단히….."

"지금부터는 금식하셔야 돼요. 내일 아침 수술이니까. 그리고….."

간호사는 벽시계를 흘끔 보고 뭔가 생각하더니 말을 이어갔다.

"9시에 여기 스테이션으로 오세요. 면도해 드릴게요."

"면도… 요?"

"개복 수술하려면 아래쪽을 면도하셔야 하거든요. 제가 해 드릴 테니 시간 맞춰서 오세요."

이럴 줄 알았다. 인생은 이렇게 예상 못한 방지 턱을 곳곳에 깔아 두곤 한다. 왁싱 숍이 아니라 병원에서 아래쪽 면도를 하게 될 줄이야. 웃음인지 한숨인지 모를 것이 나왔다.

입원실은 2인실이었다. 6인실은 사람이 다 찼단다.

왜 병원 6인실은 항상 사람이 다 차는 걸까. 아픈 사람이 그렇게 많은 걸까. 예전에 엄마가 병원에 입원하실 때에도 6인실 방이 없다더니 이번에도 마찬가지다. 그래서 할 수 없이 2인실을 골랐는데, 한편으로는 6인실 특유의 북적거림을 피했다는 점이 다행스러웠지만 다른 한편에선 걱정이 앞섰다. 서로 모르는 두 사람이 한방에서 먹고 자야 하는 어색함과 불편함 때문이다. 6인실은 복잡할지언정 모두가 모두를 외면할 수 있지만, 2인실은 그러기 힘든 거 아닌가. 걱정을 하며 입원실에 들어갔는데 방에 있는 두 침대 모두 비어 있다.

"아직 다른 환자가 없으니까 당분간은 혼자 편하게 쓰실 수 있어요."

환자복을 갖고 온 간호사가 직업적 활달함을 실어 말한다.

다행이다. 입원하자마자 옆자리의 기색을 살피는 건 너무 피곤한 일일 거 같으니까.

간호사는 내 건강 상태를 짐작하기 위한 생활 습관에 대한 몇 가지 질문과 침대에서 낙상을 조심해야 한다는 얘기 등을 한 뒤, 혈압과 체온을 재고 피를 듬뿍 뽑더니 내 팔뚝에 주삿바늘을 꽂아서 밴드를 붙여 둔 채 나갔다.

병원에 들어온 순간부터 내 몸은 내 몸이 아닌 거 같다.

피를 내놓으라고 할 땐 내놓아야 하고, 체온을 알아야 하면, 아무 때나 체온계를 들이댄다. 하긴, 내 몸이지만 내 몸이 아닌 거 같은 기분은 진즉에 느끼고 있었다. 처음 자궁근종 진단을 받은 그 순간부터.

"10센티짜리가 하나, 6센티짜리 하나, 그리고 3… 아니 한 2.5센티 정도 되는 거 하나 더. 이렇게 3개 있네요."

산부인과에서 그 얘기를 들은 순간, 나는 배 속에 포도 농장이라도 생겼나 했다. 혹이 주렁주렁 그렇게 많이 달렸다니.

"3개면 많은 것도 아녜요. 더 많은 분들도 훨씬 많아요. 근데 문제는… 10센티짜리 이거네요. 이 정도면 꽤 커요. 생각해 보세요. 자궁이라는 게 사실 주먹만 하거든요. 근데 거기에 지름 10센티 혹이 달려 있으면 너무 힘들지 않겠어요? 근종이라고 해서 꼭 수술해야 할 필요는 없지만, 크기도 그렇고 위치도 그렇고… 이건 떼는 게 좋겠어요. 위치 때문에 복강경은 어렵고… 개복으로 해야 되겠네요."

어딘지 모르게 나른하지만, 뭘 모르는 환자를 겁먹게 하기엔 충분한 말투의 의사는 그렇게 얘길 하며 나를 돌려보냈다. 오늘은 일단 돌아가고 수술할지 결정하면 그때 일정을 잡자는 거다.

"남편 분하고 의논하시고… 아 아직 미혼이시구나. 그럼 가족하고 의논해서 오세요."

무심히 말을 꺼냈다가 차트를 보더니 말을 바꿨다. 이 나이에도 병이 생기면 누군가와 꼭 의논을 해야 하는구나.

병원을 나와 좀 걸었는데 걷다 보니 생각보다 많이 걸었다. 다리는 뻐근하고 허리까지 묵직했다. 여태 정체를 감추고 있던 배 속의 포도송이들이 맛 좀 보라며 우쭐대는 거 같았다. 생리통이 심해도 그러려니, 생리 양이 많아져도 그러려니. 몸이 보내는 시그널에 유난히 둔하고 무심한 내 자신이 기가 막혔다.

집에 돌아와서 잠시 멍하게 있다가 인터넷 검색 창에서 자궁근종에 대해서 찾아 봤다. 다행히 암으로 변할 확률은 거의 없단다. 다만 생리통이 심해지고 출혈이 많아져서 빈혈을 일으키거나 너무 무거워져서 자궁에 부담을 줄 우려는 있다고 한다.

인터넷 동호회는 온갖 동호회와 공통 관심사로 뭉친 카페들이 있지만, 설마 자궁근종 카페가 있을 줄은 몰랐다. 여기저기 기웃대다가 그곳에 가게 됐는데, 생각지 못했던 글을 보았다.

[마흔 세 살 싱글인데요 병원에서 수술을 권유했어요. 지인의 소개로 믿을 만한 병원에 갔는데 위치나 개수 때문에 개복수술을 하긴 해야 할 거 같은데 혹시 결혼이나 임신 계획이 있냐고 묻더라고요. 임신 계획이 있으면 아기를 낳고 난 다음에 수술하는 게 어떠냐고요. 남친도 있고 그 사람과 결혼할 생각도 있지만 아기는 아직 잘 모르겠거든요. 그래서 생각해 보겠다고 했는데요. 막상 남친에게 말하려니 쉽게 얘기가 나오진 않네요. 왠지 저한테 하자가 있다는 얘기 같아서요. 남친한테 이걸 알려야 할까요 말까요? 골치가 아파서 일도 손에 잡히질 않아요.]

그 글 밑에는 댓글이 줄줄이 달렸다.

- 다른 병원에 가 보고 다른 의사들 얘기도 들어 보세요.
- 저도 수술을 받긴 했는데 남친한테는 얘기 안 했어요. 왠지 쩜쩜해서 그랬는데 지금 생각해도 잘한 거 같아요. 어차피 복강경이라 수술 흔적도 안 남았거든요.
- 근종이라고 해서 꼭 수술할 필요는 없어요. 저는 근종이 두 개 있는 상태에서 아이 낳았어요.

그중에 눈에 띄었던 건 이런 글이다.

– 비슷한 경험이 있어서 하는 말인데 절대 말하지 마세요. 나도 딱 그런 상황이었는데 남친이 내심 놀라는 표정을 짓더니 슬슬 연락이 뜸해지고 결국 헤어졌어요.

자궁근종이 성병도 아닌데 그 남자는 왜 여자를 피한 걸까. 아니 애초에 질문을 올린 사람은 왜 고민에 빠졌던 걸까. 늙음이 내 잘못으로 받은 벌이 아니라면◆, 자궁근종 역시 내 잘못으로 받은 벌은 아니지 않을까.

아닌가? 내가 뭔가 잘못해서 그런 건가? 생활 습관에 문제가 있었나?

아니다. 다시 뒤져 봐도 자궁근종의 원인은 아직 정확히 밝혀지지 않았단다. 원인도 안 밝혀졌는데 내 자신을 용의자 라인업◆에 세우진 말자.

그날 밤 인터넷을 뒤적거린 결과, 자궁근종은 말하기 편한 병이 아니었다. 그나마 결혼을 하거나 아이를 낳은 경우에는 좀 낫다. 아직 결혼이나 출산을 하지 않은 사람이 걸렸을 때에는 병을 밝히길 고민하는 경우가 많다.

그게 좀 이상했다.

자궁은 내 몸인데도 법의 간섭을 받는 내장 기관인가?

그렇지 않다면 왜 법적으로 결혼하지 않은 여자들은 그 병을 입에 올리는 걸 불편해 할까? 아직 출산하지 않은 자궁은 함부로 손대기도

◆ 박범신 소설 〈은교〉 중에서
◆ 목격자나 피해자가 용의자 후보들을 일렬로 세워 놓고 용의자를 지목하는 행위

어려운 성스러운 기관인가? 반대로 이미 출산을 마친 자궁은 칼을 대는 게 좀 더 자유로운 이유는 뭘까?

머리가 복잡해지면서 술 생각이 났다. 하지만 관두기로 했다. 뱃속의 포도송이들이 도끼눈을 뜨면 어쩌나 해서다.

억지로 잠을 청해 자고 그다음 날, 병원에 수술과 입원 문의를 했다. 가족에겐 알리지 않기로 했다. 멀리 떨어져 사는 부모님께 걱정을 끼치고 싶지 않다는 생각도 있었지만, 나의 자궁에 다른 사람의 걱정과 의견을 싣지 않기로 해서다. 하지만 결국 오늘 오후에 입원 절차를 밟으면서 수없이 맞닥뜨린 보호자 기입란 때문에 친구에게 입원 사실을 알려야만 했다. 결혼해서 아기가 있는 친구는 말했다.

"네 자궁은 진짜 싱글이구나."

저녁 8시 50분.

9시가 되면 면도를 하러 가야 한다. 비키니 왁싱을 해 본 적이 없는 건 물론이요 돈을 주고 때조차 민 적 없는 나는 이런 순간이 당황스럽다. 그래도 내가 할 수 있는 일을 해야겠다는 생각이 들어 입원실에 딸린 욕실에 들어가서 꽤 열심히 면도 부위를 씻었다.

드디어 9시. 간호사들이 대기하는 스테이션으로 갔다.

"무슨…?"

아 어쩌지. 간식 시간인가 보다. 입을 우물거리며 안쪽에서 나오는 간호사 뒤편으로 떡볶이와 순대가 담긴 접시가 보였다. 하긴 지금쯤 출출하기도 하겠지.

"저기… 면도해 주신다고…."

"아 맞다! 그러면… 이 안쪽으로 들어오세요."

간호사는 여전히 입을 우물거리며, 내가 들어갈 수 있도록 칸막이 문을 열려고 했다.

"아뇨, 드시던 거 마저 드세요. 다 드실 때쯤 다시 올게요."

"지금도 괜찮은데…."

내가 괜찮지 않았다.

"아네요. 제가 다시 오면 되죠. 언제 올까요?"

"그럼… 15분쯤 있다가 오시겠어요?"

다시 입원실로 돌아오면서 생각했다. 그다지 경력이 길어 보이지 않는 그녀를 단련시킨 건 사명감일까 일상일까.

제대로 눕거나 앉지도 못한 채 서성이다 15분 후에 다시 갔다.

"이쪽으로 오세요."

간호사에게선 치약 냄새가 났다. 그녀는 천장에 레일이 붙은 흰 커튼을 젖히면서 나를 그쪽으로 안내했다. 그곳엔 내가 세상에서 가장 아찔한 디자인이라고 생각한 의자가 놓여 있었다.

산부인과 진료 의자.

간신히 엉덩이를 걸쳐 놓을 수 있는 크기의 시트에, 다리를 한 쪽씩 올려놓는 받침대 두 개가 양옆으로 떡 하니 벌어져 있는 바로 그 의자.

사용 목적이 너무나 적나라하게 드러나서 거기 올라앉는 사람을 긴장시키는 그것이, 위화감을 마구 뿜어내며 자리 잡고 있었다.

"아래옷 다 벗고 올라가세요."

간호사들은 저 말이 아무렇지도 않게 나올 때까지 몇 번이나 헛기침을 했었을까.

"베이비파우더예요."

내가 올라앉기 무섭게 간호사는 면도 부위에 하얀 가루를 뿌리더니 거침없이 면도를 시작했다. 물과 거품 비누를 사용하지 않나 했던 궁금증도 순식간에 깎여 나갔다.

"끝났고요… 이 담에 다시 날 땐 좀 따끔따끔하실 거예요."

민망한 말을 죄다 매끈하게 처리하는 그녀의 일 처리가 감탄스러웠다.

나는 여태 무슨 일을 하건 능수능란하게 하는 법이 없는데 그녀는 달라 보인다. 아니 사실은 세상에 많은 이가 달라 보였다.

생활의 달인이라는 프로그램만 봐도 그렇지 않은가. 자신의 일을 꾸준히 한 사람은, 눈을 가리고도 척척, 한 손으로도 척척, 소리만 듣고도 척척, 냄새만 맡아도 척척이지만 나는 40년을 넘게 살았고 일도 꾸준히 해 왔건만 그럴 수 있는 게 단 한 가지도 없다.

나는 왜 이리 살아 내는 데 무능할까.

연인을 만나는 일도, 결혼을 하는 일도 서툴더니 알고 보니 자궁의 사용도 서툴렀다. 딱히 내세울 만큼의 경험도 없고 아기를 임신한 적도 없는데 덜컥 고장까지 나 버리다니.

그리곤 정체불명의 혹만 주렁주렁.

텅 빈 입원실로 돌아와 누우니 괜한 잡념까지 주렁주렁 열린다.

"실례합니다아-"

갑자기 입원실 문이 열리더니 누군가 들어왔다. 작은 키에 어딘지 모르게 귀여운 인상의 초로의 아주머니가 커다란 가방을 들고 들어왔다.

"잘 부탁해요~ 오늘부터 신세 좀 질게요."

나이보다 훨씬 젊은 애교가 배어 있는 말투였다.

아주머니를 따라 젊은 여자가 들어왔다. 젊은 여자는 키가 크고 몸도 좀 두꺼운 편에 어깨도 넓었지만 머리끝부터 발끝까지 신경 써서 입고 걸친 티가 났다. 길고 윤기 나는 머리를 구불구불하게 감은 컬은 큰 체격과 잘 어울렸다. 머리에 하고 있는 검은 벨벳 헤어밴드와 검정 벨벳 구두는 일부러 맞춘 걸까. 두 사람은 짐을 풀더니 딸이 아주머니의 환자복을 챙겨 왔다. 엄마가 옷을 갈아입고 나오자 딸은 스카프 몇 개를 꺼낸다.

"자 엄마, 어떤 걸로 할까? 파란색? 아니면 와인 색?"

"아무거나 해. 어차피 병원인데."

"아냐, 아냐. 병원일수록 더 이쁘게 하고 있어야지. 그래야 엄마도 더 산뜻한 기분으로 지낼 수 있고 보는 사람도 기분 좋지. 그럼 와인 색으로 하자. 병원에 있다 보면 창백해 보이기 쉬워. 창백해 보일 땐 붉은색이지."

딸은 엄마 머리에 스카프를 솜씨 있게 씌워 주고, 병병한 환자복의 소매길이와 바지 길이도 단정하게 접어 주었다. 그 후로도 한참이나 엄마가 신을 양말 색깔을 골라 주고 옷 위에 걸칠 카디건까지 골라 주고는 조근조근 수다를 떨다가 내일 오겠다고 하고는 나갔다. 딸이 꾸며 놓은 엄마는, 진짜 병원에 있는 우울한 환자가 아니라 연극에서 환자역할을 맡은 귀여운 아주머니 같은 인상으로 변해 있었다.

"우리 애가 말이 좀 많아요. 애 땜에 시끄러웠죠?"

"아녜요. 보기 좋은데요 뭐."

"그쪽은… 뭐 땜에?"

"자궁근종이요. 내일 아침에 수술받아요."

"아이고 젊은 분이…."

아주머니는 뭔가 적당한 위로의 말을 찾지 못했는지 말끝을 흐린다. 그럼 나도 아주머니의 병명을 물어봐야 하나? 그게 입원실의 예의인가? 아무래도 조심스러워서 나는 얘기를 딴 데로 돌렸다.

"따님이 효녀시네요. 좋으시겠어요."

"효녀는요 무슨… 애가 덩치는 즈이 아빠 닮아서 저렇게 커도 사람 챙기는 데 선수예요… 아줌마는 어떻게… 딸 없어요?"

"아직 결혼 안 했어요."

"아이구야 여태 결혼도 안 하구 자궁 수술까지… 어뜩해요~"

아주머니는 훅 들어왔다가 아차 싶었나 보다. 갑자기 카톡을 봐야겠다며 안경을 찾기 시작했다. 그러다가 안경을 못 찾겠다고 굳이 혼잣말을 하며 딸에게 전화를 걸었다.

"애, 난데… 너 엄마 돋보기 엇다 넣었냐?" 하면서 방을 나갔다.

난 뭐… 기분이 나쁘진 않았다. 그래도 저 양반은 예상 못한 실례를 눈치채고 거기서 도망치려는 성의는 있으니까. 지금까지 나의 비혼非婚으로 인해 내가 맞아 왔던 잔 펀치의 무례 중에 저 정도면, 귀엽고 애교스러운 수준이다. 그렇다고 해도 나는 '괜찮다'는 말을 하진 않았다. 이럴 때는 그저 한 번 씩 웃어 주고 모른 척 넘어가 주는 게 작은 배려일 수 있으니까.

나는 아주머니의 어색함을 막아 주자는 의미에서 침대에 누워, 내 침대 쪽 조명을 껐다.

어쩌면 내가 취할 수 있는 가장 프로페셔널한 면모는 바로 이게 아닐까. 망설이거나 발끈하거나 구구절절 설명 없이, 결혼하지 않았다는 사실을 알리는 거 말이다. 모처럼 발견한 나의 장점에 기분이 좋아졌다. 나의 자궁은 프로페셔널하지 못하지만 나는 그 사실을 밝히는 데 프로급의 단호함을 갖춘 것이다.

그럭저럭 시간이 지나고 간호사가 수액을 갖고 오더니 내 팔에 꽂혀 있던 주사기와 연결했다. 입원실 침대에 누워 수액까지 맞으니 나도 제법 환자 같았다.

병원에서 수없이 봤던 프로페셔널 환자들. 나도 이젠 제법 환자 티가 난다.

살다 보면 사는 데도 조금씩 능숙해지겠지.

배 속의 포도송이는 툭 떼어 내고 가볍게 말이다.

뒤러 〈멜랑콜리아 *I* 〉

만화영화 〈심슨 가족〉 시즌 1에서 에피소드 6.
가족들 중에 가장 영민하고 생각이 깊은 둘째 아이 리사는 어느
날 무척 우울해 한다.
축 처져 있는 딸을 걱정하던 아빠는 딸을 불러 왜 그러냐고 묻는
다. 리사는 나이답지 않게 우울한 표정으로 말한다.
"내가 태어나지 않았다면 세상이 달라졌을까요?"
이렇게 함축적으로 이렇게 놀라운 존재론적 질문을 던지다니.
심슨 가족에게 경의를.
리사의 이런 태도는 바로 멜랑콜리에 빠진 사람, 즉 멜랑콜리커의
태도 그 자체다.

독일 출신의 뒤러는 놀랍도록 정교하고 정확한 솜씨를 지닌 작가
이다. 〈멜랑콜리아 I〉 역시 뛰어난 솜씨로 보는 이를 사로잡는데,
사실 이 그림은 수수께로 가득 차 있다.
포즈를 취하고 있는 인물에만 주목했었다면 찬찬히 그림을 다시
봐 주길.
오른쪽 위에는 수학 수수께끼 마방진이 그려져 있고, 그 옆에는
모래시계, 다시 그 옆에는 저울이 걸려 있으며 주인공 손에는 컴
퍼스가 쥐어져 있다. 그 밖에도 화면 곳곳에는 인간의 지혜를 상

징하는 도구들이 즐비하다. 하지만 주인공은 모든 걸 팽개쳐 둔 채 불만스러운 표정으로 턱을 괴고 있다. 단순히 불만족스러운 게 아니라 우울하고 무기력해 보인다.

어떤 지혜와 이성적 방법을 동원한다 해도, 세계와 불화할 수밖에 없는 순간.

바로 멜랑콜리에 빠져든 순간이다.

미술사가들은 그림 속 멜랑콜리의 원인이, 인간의 지혜로는 이해할 수 없는 신의 섭리 때문이라고도 하고, 뒤러 자신이 느꼈던 근원적 한계를 고백한 것이라고도 하는데, 정확한 의미는 누구도 모른다. 뒤러는 정답지를 발표하지 않았으니까. 헌데 멜랑콜리라는 건 원래 그런 거 아닐까.

어디서부터 시작됐는지 알 수 없는 파도에 내 몸이 붕 떠오르고 저항할 수 없는 힘에 휩쓸려 가듯이, 연원을 알 수 없는 무기력증과 우울에 삼켜지면 멜랑콜리커는 턱을 괴고 주저앉아 끝없이 물음표를 던지게 된다.

멜랑콜리의 순간은 특별한 이에게만 찾아오는 건 아니다. 물론 예민함의 차이는 있겠지만 세계와 불화하는 자신을 느끼는 순간이 오면 힘이 빠지고 막막해진다.

특히 다른 사람들은 대수롭지 않거나 당연하게 여기는 일들이, 나에게는 힘겹고 불편하게 다가올 때 그런 증상이 심해지진 않는지. 그걸 보며 누구는 까다롭다고 하고 또 다른 누구는 뭐 그렇게 골치 아프게 구냐고 할 수 있지만, 바로 그렇게 까다롭고 골치 아프게 고민하고 되물을 때 세상은 조금씩 변해 가는 게 아닐까.

앞서 소개한 심슨 가족 에피소드에서 리사는 질문에 대한 답을 구하진 못한다. 하지만 색소폰으로 블루스를 연주하며 멜랑콜리에서 벗어나게 된다. 다만 예민한 소녀에게 도움을 줬던 블루스 연주자의 얘기는 한 가지 힌트를 준다.
"블루스는 사람들을 기분 좋게 하려고 연주하는 음악이 아냐. 더 안 좋게 만드는 거지."
진정한 예술가들은 우리에게 마냥 행복하라고 얘기하지 않는다. 오히려 고민과 혼란을 부추긴다. 툭하면 멜랑콜리에 빠져 투덜거리게 만든다.
다만 놀라운 점은 그들이 옆구리 찔러준 혼란을 통해 우리는, 삶을 풀어 가는 실마리들을 한 가닥씩 잡아 나간다는 거다.

레질리먼시◆

"난 빨간 머리 앤 싫어."

"뭐?"

"앤 싫다고."

믿을 수가 없었다. 어떻게 빨간 머리 앤이 싫을 수가 있지? 여자아이라면 모두 앤을 사랑할 수밖에 없는 거 아닌가?

그날의 입씨름은 여느 날과 다름없이 시작되었다. 겨울방학을 맞은 초등학교 5학년 딸아이가 침대에서 나오질 않기에, 내가 아이 방문을 벌컥 여는 걸로 포문을 열었다. 그다음은 정해진 레퍼토리대로였다.

왜 또 인형을 끌어안고 잤냐. 먼지 풀풀 나는 인형이 비염에 안 좋

◆ 해리 포터에 나오는 마법 주문. 상대방의 생각을 읽어 내는 마법이다

구스타프 아돌프 헤니히, 〈책 읽는 소녀〉, 1828, 캔버스에 유채, 42.5×36.5 cm

은 거 모르냐. 씻고 와라. 아침 해 놨다. 물 한 컵 다 마셔라. 그래야 몸이 건조해지지 않는다. 밥 먹었으면 얼른 그릇을 싱크대에 넣어라. 너도 이제 다 컸는데 그 정도는 따로 말 안 해도 해야 되는 거 아니냐. 다시 방에 가서 눕지 마라. 먹자마자 누우면 소화가 되겠냐.

아이가 스스로 이를 닦고 가방을 챙길 수 있는 나이가 됐을 무렵부터 했던 잔소리 매뉴얼이다. 거기에다가 최근에 더해진 레퍼토리를 하나 더 얹었다.

책 좀 읽어라. 너 읽으라고 엄마가 한 권씩 따로 골라서 산 책인데 왜 안 읽냐.

그게 엄마로서 나의 소임이었다면 아이는 아이대로 자신의 소임을 다했다. 대충 응응 하며 흘려듣고 있던 것이다.

"맘 잡고 읽으면 얼마나 재밌는 게 많은데. 엄마는 〈삼총사〉를 읽고 또 읽어도 너무너무 신났었어."

"삼총사 난 별룬데."

"왕 얘기 나오고 귀족 얘기 나오는데 안 멋있어?"

"그냥 뭐."

거기까지는 뭐 그럴 수 있다 싶었다. 여자아이라서 칼싸움이 별로였을 수 있다. 그렇다면 비장의 카드가 있지.

"그럼 〈빨간 머리 앤〉 어때? 엄마는 그 책을 수십 번도 더 읽은 거 같아."

책 읽기 따분해 하는 여자아이한테 이만한 필승의 카드가 없다 싶어 〈빨간 머리 앤〉을 찬양했는데 아이는 단숨에 내 말을 자르고 만 것이다. 앤이 싫단다.

"왜? 앤이 왜 싫어?"

"그냥… 걔 못됐잖아."

"앤이? 걔는 착한 앤데?"

"처음 보는 남자애 머리를 석판으로 후려쳐서 박살 냈잖아."

"그건 길버트가 놀리니까 그런 거지."

"누가 놀린다고 함부로 막 때려두 돼?"

딸은 단호했다. 아이가 에누리 없이 말하니 할 말이 없었다.

"그래두 앤은 상상력도 풍부하고 재밌잖아. 난 우리 딸도 그랬으면
좋겠는데."

"상상하는 건 좋은데, 그걸 딴 사람 앞에서 막 떠드는 건 별루야."

"떠들면 안 돼?"

"상상이 잘 안 되는 사람이 들으면 시끄럽고 싫을 거 같은데?"

또 한 번의 스트라이크.

"그럼 넌… 책 주인공 중에 누가 좋아?"

"해리 포터."

"해리 포터 어디가 좋은데?"

"걔는 너무너무 불쌍한 아이라서 도와주고 싶은 마음이 막 들거든.
고아잖아."

"앤도 고아였어."

"해리 포터는 원래 굉장히 고귀한 아이잖아. 능력도 많구. 난 그게
멋있더라."

"그러면… 똑같은 고아라도 앤은 고귀한 아이가 아니라서 별루인
거야?"

내가 좀 구질구질하게 매달렸던 걸까. 딸아이는 한숨을 쉬듯 대꾸했다.

"엄마. 어차피 다 이야기 속 주인공인데, 내 맘대로 좋아하면 안 돼?"

이젠 정말 타석에서 물러나야 할 때라고 느꼈다.

"아무튼 책 좀 읽어. 책이 〈해리 포터〉만 있는 게 아니잖아."

듣지도 않을 얘기라는 걸 뻔히 알면서도 한마디 데구루루 굴려 넣고 아이 방문을 닫고 나왔다. 아이는 어느새, 윽박지르는 것으론 설득할 수 없는 나이로 자랐다는 게 실감 났다.

"야 말이 쉬워서 애하고 대화해라 대화해라 하지, 애들하고 대화하기가 어디 쉬운 줄 아냐?"

"너도 네 애들하고 얘기하다가 말이 턱 막히구 그러냐?"

빨간 머리 앤이 싫다는 얘기는 생각보다 뒤끝이 오래갔다. 친구랑 전화를 하는 중에도 딸과 나눈 얘기가 생각나서 당황스러웠던 기분을 털어놨다.

"내가 누구냐? 교무실에 앉아 있으면 상담하러 오는 애들 땜에 쉴 틈이 없는 선생이 나야. 나름대로 애들과 대화 전문가라고. 근데 예전에 4·19 기념일에 어땠는지 아냐? 수업 시간에 애들한테 4·19의 민주주의 정신에 대해 얘기해 줄라고 했더니 이것들이 너무 떠들고 집중을 안 하는 거야."

"그래서?"

"그래서는 뭐… 악을 악을 쓰면서 애들 군기 바짝 잡은 다음에, 4.19 정신에 대해 일장 떠들었지. 민주주의를 공부시키려고, 비민주적인 방법을 감행하는 게 현실이라니까. 학교에서 그러니 집에선 어떻겠냐?"

친구와 대화는 그렇게 웃음으로 끝났다.

애 키우는 게 맘 같지 않다, 요즘 애들은 우리 때하고 너무 다르다, 정말 어떻게 해야 할지 속이 터진다 등등. 더 이상 새로울 것도 없는 신세 한탄으로 마무리된 것이다.

그렇게 수다를 떨었건만 여전히 명치끝엔 뭔가 걸려 있다.

아이는 정말, 왜 빨간 머리 앤을 싫어하는 걸까.

딸과 내 세대는 그렇게 다른 걸까.

"한번 만나고 싶었는데 이제야 봤네요. 진작 만났으면 더 좋았을 걸 그랬어요."

딸아이가 활동하는 방송반 아이들 엄마들과의 만남이었다.

엄마들이 만들어 놓은 단체톡 방에서 가끔 만나자는 얘기가 나왔지만 나는 참석할 수가 없었다. 회사 출근 핑계도 있었지만 꼭 나가고 싶은 마음도 별로 없었다. 엄마들과 얘기를 나누다 보면 굳이 듣지 않아도 될 말도 듣게 될 것 같고, 아이한테만 집중할 수 없는 일하는 엄마의 죄책감만 더해질 거 같은 불안감도 작용했기 때문이다. 하지만 이제 아이들이 6학년에 올라가면 학교의 최고참이 될 것이고, 그러다 보면 챙기고 알아 둬야 할 것도 있지 않나 싶은 마음에 굳이 휴가를 내서 엄마 모임에 나간 것이다.

가장 소극적인 엄마였던 나는 미안한 마음을 패밀리 레스토랑 쿠폰으로 대신했다. 이게 있으니 내가 한턱내겠다는 말에 엄마들은 손뼉 치는 이모티콘으로 환영해 줬다.

211

모임은 대체로 유쾌하게 흘러갔고, 커피까지 제대로 마신 후에 자리에서 일어났다. 계산대에서 내가 쿠폰과 더불어 신용카드를 내고 있으려니 한 아이의 엄마가 슬쩍 다가왔다. 딸과 마찬가지로 피디이자 엔지니어 노릇을 하는 남자아이의 엄마였다.

"근데 저어… 이런 말 하는 게 어떨지….'

"네?"

"애 얘기를 들어 보니까… 댁의 따님이… 좀 힘들었나 봐요."

"우리 아이가요?"

남자아이의 엄마는 자꾸만 다른 곳을 보며 뜸을 들였다.

"애가 그러는데… 여자애들이 좀 따돌렸던 거 같아요."

"따돌려… 누구를요? 우리 애를요?"

나도 모르게 목소리가 떨렸다. 남자아이 엄마는 누가 시키지는 않았지만 해야만 하는 일을 한다는 표정으로 눈에 힘을 주며 말했다.

"아니 저… 제가 잘은 모르는데요… 댁의 따님이 사실 좀 따따부따하는 스타일인 거… 아시죠? 학교에서 이런저런 행사 때 애들이 실수를 좀 하면 그걸 콕 짚고 넘어가는 타입이라 여자애들이 좀 피곤해 했나 봐요. 그래서 따님이 혼자 방송실에 있으면 같이 있기 싫다고 여자애들끼린 따로 모여서 놀고… 우리 아들은 애들이 좀 못되게 군 거 같다고… 무슨 말인지… 아시죠?"

무슨 말인지 알 수가 없었다. 머리가 멍해졌다.

"너무 놀라실 건 없어요. 심각한 건 아니었을 거예요."

남자아이 엄마는 내 반응이 예상외라 놀란 듯이 수습을 하려 들었다. 내 팔을 잡아끌며 나가자고 하는데 맥없이 끌려 나왔다.

"덕분에 잘 먹었어요. 우리 가끔 봐요."

"이놈의 방학 좀 빨리 끝났으면 좋겠어요. 잔소리하기도 피곤하고 하루에 세끼 차리기도 귀찮아 죽겠고."

"그래두 이번 겨울방학이 마지막이죠 뭐. 내년엔 중학교 가는 겨울 방학이니 방학 때라고 노는 것도 끝이라니까요. 그거 생각하면서 좀 봐주자구요."

엄마들은 서로 웃으며 인사를 나누고 있었지만 나는 그 소리가 아주 먼 데서 들려오는 소리 같았다. 머릿속엔 오로지 한 가지 생각뿐이었다.

왕따라고? 내 딸이?

어떻게 인사를 하고 돌아섰는지 기억이 나질 않았다.

정신을 차리고 보니 집 현관의 번호 키를 누르고 있었고, 문 여는 소리에 방에 있던 딸아이가 나왔다.

"맛있는 거 먹었어?"

"응?"

"맛있는 거 먹었냐고."

아이가 묻는 말에 대답을 할 수 없었다. 대답은커녕 똑바로 쳐다볼 수도 없었다.

"엄마… 가서 좀 누울게. 소화가 안 되는 거 같다."

아이가 뭐라고 하는 거 같았지만 안방 문을 닫고 들어와 침대 속으로 파고들었다. 눕고 나서도 한동안 멍하니 있다가 갑자기 눈물이 나기 시작했는데 왜 우는 건지는 알 수 없었다. 따돌림 당한 아이 생각에 마음이 아팠던 건지. 아이가 그런 일을 겪는 걸 살피지 못한 나 자신을 탓하는 건지. 아니 실은, 그 모든 것에 앞서 억울했다.

대체 왜 우리 애가. 우리 애가 뭐 때문에.

눈물은 그칠 줄 몰랐다.

한참을 누워 있다가 남편에게 전화를 걸었다.

"애한테 직접 물어보지 그래."

"뭐라고 물어봐. 너 왕따냐고 물어봐? 그렇게 물어보라구?"

"그게 아니라… 당신 잘하는 거 있잖아. 상대방 살피면서 슬쩍 얘기해 보는 거. 그렇게 해 보라구."

역시 예상대로 남편은 도움이 되지 않았다. 마음은 그렇지 않지만 섬세함이 부족한 남편. 이 사람한테서는 어떤 힌트도 얻을 수 있을 거 같지 않았다. 퉁퉁 부은 눈이 쓰라렸지만 다시 전화기를 찾아 들었다. 안 그래도 요즘 들어 부쩍 전화기 작은 화면을 보는 거에 눈이 피곤했지만, 지금은 남편보다는 차라리 이게 나을 거 같았다.

검색 창에 '왕따 증세'를 쳐 봤다.

주르륵 뜨는 건 많았지만 별로 눈에 차는 얘기가 없었다. 다시 '왕따 징후'를 쳤다. 〈부모가 감지할 수 있는 왕따 징후〉라는 글이 눈에 들어왔다.

- 원인을 알 수 없는 상처가 자주 보인다.

- 옷이나 책, 가방, 신발 등 소지품을 잃어버렸다고 말할 때가 많다.

- 학교에 가기 싫다고 하거나 꾀병을 부리는 일이 잦아졌다.

- 동물을 때리거나 사람을 무는 등 전에 보이지 않던 공격적인 행동을 보인다.

그 밖에도 여러 가지 항목이 있었는데, 하나하나 읽으면서 조금은 안심이 됐다. 해당되는 행동을 보인 적은 없었기 때문이다.

'아니지. 나는 일하는 엄마잖아. 애는 그런 게 있었는데 내가 눈치 못 챈 게 아닐까.'

다시 불안해졌다.

비슷비슷한 글이 많았지만 결국 의심의 화살은 나 자신에게 향했다.

소홀한 엄마. 무심한 엄마.

나는 대체 어떤 엄마인지 알 수가 없었다.

아이를 낳고 육아 휴직을 했을 때, 잠든 아기를 눕혀 놓고, 이 우주에 아이와 나뿐이라는 생각이 들어 덜컥 겁이 나서 울기만 했던 일.

아장아장 걷는 아이를 품에 앉았을 때, 그 작은 어깨를 감싸 안으며, 나에게 의탁된 작은 생명이 버거워 몰래 한숨을 쉬곤 하던 일.

아이가 텅 빈 집에 혼자 들어올 때는, 혼자라는 걸 뻔히 알면서도, "다녀왔습니다!"라고 큰 소리로 인사한다는 얘기를 듣고 표정을 감추려고 애썼던 일.

책을 혼자 읽게 하지 말고 엄마가 읽어 주는 게 좋다는 말은 들었지만, 피곤을 핑계로 죄책감을 덜어 내리려고 했던 일.

학교에서 성교육을 받고 왔다는 얘기에, 애가 어떻게 받아들였는지보다는, 나도 외국 영화에서 보던 엄마들처럼 쿨 하다는 걸 보여 주려고 이 말 저 말 폼 나는 말만 주워 넘기던 일.

나는, 아이 편이 아니라 엄마인 내 편에서, 많은 걸 해명하고 면죄하며 살아 왔다는 생각이 들었다.

어느새 방은 어두워지고 나는 여전히 침대 속에서 전화기만 붙들고 있다.

전화기 속 작은 화면에선 짤막한 충고도 전해 주었다.

따돌림을 당하는 아이는 학교에 가기 싫어서 이유 없이 머리나 배가 아프다고 하는 일이 많은데 그럴 땐 '배가 왜 아프냐' '화장실 가고 싶은 거 아니냐'는 식으로 묻는 건 아무 소용이 없다고 했다. '엄마는 속상한 일이 있을 땐 배가 아프곤 하는데, 넌 어떠냐' '엄마는 힘든 일이 생겨서 배가 아플 땐 외할머니가 배를 쓰다듬어 주면 괜찮아졌었는데 너도 한번 해 줄까' 뭐 이런 식으로 묻는 게 좋다는 거다.

나도 한번 해 볼까.

뒤집어쓰고 있던 이불을 걷고 거실로 나갔다. 어두운 방과 달리 거실은 불을 켜서 환하다.

아이는 TV를 보고 있었다.

"딸! 뭐해?"

"TV."

아이는 화면에서 눈을 떼지도 않고 건성으로 대답했다. 울었으니 일단 세수부터 할까 싶어서 욕실로 향하는데 아이가 목소리를 높였다.

"엄마 눈 왜 그래?"

"아, 아냐. 괜찮아."

다급하게 욕실로 들어갔다. 아니나 다를까. 욕실 거울 속의 나는 형편없어 보였다. 눈은 퉁퉁 붓고 이불 속에서 뒹구는 통에 머리는 엉망이다.

이러면 안 되지. 나부터 맘을 단단히 먹어야지.

찬물을 틀어 얼굴을 씻었다. 차가운 물이 얼굴에 닿으니 기분이 훨씬 괜찮아졌다.

그래, 이제 애하고 얘길 해 보자.

한결 나은 기분으로 욕실을 나섰다.

"엄마 울었어?"

거실에 나가 소파에 앉으니 딸이 기색을 살핀다.

무슨 말부터 해야 되나.

무대에 밀려 나가긴 했는데 대사를 잊은 배우처럼 당황스러웠다.

아까 본 글에서 뭐라고 했더라.

"저기… 너 혹시 말야 요즘… 머리가 아프거나 그러니?"

"아니. 나 안 아픈데?"

"아 그래… 그럼 혹시… 배는? 배… 안 아파?"

지금 무슨 말을 하고 있는 거야. 뜬금없이 머리 아프냐고 하질 않나
배는 또 뭐람. 나 자신이 너무 한심했다. 딸 역시 마찬가지인가 보다. 대
체 이 엄마가 왜 이러냐는 표정으로 잠시 나를 들여다보다가 입을 뗐다.

"나… 배가 아프진 않은데, 배가 고파. 엄마 난 저녁 먼저 주면 안
돼?"

생각해 보니 아이는 점심도 제대로 먹지 않았다. 점심 약속을 핑계
로 아이한테는 냉동 만두 몇 개 삶아 주고 나갔던 것이다. 근데 난 여
태 울기 바빠서 날이 어두워지도록 애한테 간식 하나 안 주고 있었으
니. 어이가 없었다.

"내 정신 좀 봐. 너 배고플 거란 생각은 안 하고."

"아니 뭐 배고파 죽을 거 같진 않은데… 아빠 올 때까지 기다리긴
힘들 거 같애."

"알았어. 잠깐만 있어 봐."

그러면서 벌떡 일어나는데 몸이 휘청했다. 갑자기 일어난 탓이리라. 몸이 좀 심하게 출렁댔던 걸까. 아이가 깜짝 놀라 물었다.

"엄마! 괜찮아? 머리 아파?"

벌떡 일어나서 나를 잡아 주는 아이.

이런 바보. 머리 아프냐고 묻는 건 내 대사여야 하는데.

"엄마 어지러우면 그냥 앉아 있어. 밥은 아빠 오면 먹을게."

눈물이 왈칵 쏟아졌다.

나는 엄마 노릇이 버거워서 이렇게 쩔쩔매는데, 이 아이는 의젓하게 딸 노릇을 하고 있다니.

더 이상 겁내지 말자는 생각이 들었다. 아직도 낯선 엄마의 길은, 나 혼자의 몫은 아니다. 딸이 나를 엄마답게 만들어 줄 것이다. 서툰 어른인 체는 관두고 솔직해 지자.

"엄마… 무슨 일 있어?"

아이가 우는 나를 걱정스럽게 올려다본다.

"아니 오늘 좀 울적해서 그래… 엄마가 밥하는 게 좀 힘들어서 그러는데… 피자 시켜 먹을까? 우리 둘이 〈해리 포터〉 보면서?"

"책 말야?"

"아니, 영화."

"영화보다 책부터 읽으라며."

"아냐 이런 날에 책은 무슨. 영화 보자."

아이는 잠깐 뭔가 미심쩍다는 표정을 지었지만 이내 신나서 리모컨을 집어 들었다. 전원을 켜고 IPTV 메뉴에서 〈해리 포터〉 영화를 찾는 아이의 손길이 경쾌하다.

헤니히 〈책 읽는 소녀〉

단정하게 빗어 넘긴 머리.

흠잡을 데 없이 바르게 앉은 자세.

야무지게 다문 입술.

그림 속 소녀는 어리면서도 어른스럽다.

아이를 키울 땐 바로 이런 순간 긴장된다.

마냥 어리광만 부리는 줄 알았는데, 그 작은 머릿속을 자신만의 것으로 가득 채운 느낌을 줄 때. 특히 그림 속 소녀는 미묘하게 눈썹을 비틀고 있어서 긴장감이 더하다. 한쪽은 위로 치켜떴지만, 다른 한쪽은 아래로 찌푸리고 있는 불균형. 소녀는 자신의 안면 근육 하나하나를 정확히 제어하고 있다는 느낌을 준다. 제어할 수 있는 사람은 더 이상 철부지가 아니다.

나 역시 아이를 키우면서 그걸 문득 깨달은 순간이 있었다. 아이가 단 한 번도 내 앞에서 문을 쾅 닫은 적이 없다는 걸 알았을 때.

철부지 시절 나는 엄마 앞에서 수도 없이 문을 쾅쾅 닫았었다.

내가 얼마나 화났는지, 얼마나 서운한지 표현하려면 더 크고 더 요란하게 문을 닫아야만 한다고 철석같이 믿었기 때문이다. 그래서 엄마한테 혼나는 내내 반성 따위는 안중에도 없고, 어떻게 하면 문을 더 세게 닫을지 수없이 시뮬레이션 해 보고 그걸 실행에

옮기곤 했던 것이다. 물론 그러고 나서, 예상외의 충격으로 물건이 떨어지면 겁을 집어먹기도 했고, 내 문소리에 화가 치민 엄마가 달려오시면 2차 체벌에 시달리곤 했지만 말이다. 한마디로 나는 제어라고는 알지 못하는 충동과 격정의 아이였다.

그런데 내 아이는 나와는 완전히 다르다.

나에게 한 번도 얼굴을 붉히며 대든 적이 없고, 내 앞에서 물건을 던지거나 방문이 부서져라 닫은 적도 없다. 나한테 크게 혼나고도 먼저 말을 걸었으며, 몸이 아플 때에도 신경질을 부리지 않는다. 상황이 이렇다 보니 나는, 아이 몰래 당황스러운 마음을 다스리느라 바빴다. 왜 저 아이는 나에게 악을 쓰지 않나. 왜 쟤는 엄마한테 자기 속마음을 확연히 드러내지 않는 걸까.

답은 여전히 모른다.

아마도 내가 부족한 엄마이기 때문이라는 혐의는 충분히 인정한다. 누울 자리를 보고 다리를 뻗는다고, 뭐든지 얘기하고 의논할 수 있는 넉넉한 엄마라면 아이도 속마음을 털어놨겠지만 부실한 엄마에게는 함부로 그러긴 힘들 테니까. 그래서 내가 아이에게 갖는 첫 번째 감정이 미안함이다.

예민한 피부와 호흡기를 다스려 주지 못해 미안하고, 예민하고 힘든 시기에 전학을 시킨 게 미안하고, 닦달하기는 귀찮아 하면서도 공부는 알아서 잘해 주길 바랐던 언감생심이 미안하다.

독일 작가 헤니히의 〈책 읽는 소녀〉는 아르헨티나 출신의 캐나다 작가 알베르토 망구엘의 책 〈독서의 역사〉 책 표지로도 유명하다.

아쉽게도 우리나라에서 출간된 책 표지는 아니다.

열여섯 살에 아르헨티나 국립도서관의 관장이자 세계적인 문호였던 보르헤스를 만나, 시력을 잃어 가던 대작가를 위해 4년 넘게 책을 읽어 주던 망구엘.

그에게 책 읽기란 얼마나 신성한 일이었을지 생각해 본다면, 헤니히 작품을 표지 그림으로 고른 건 진정 탁월한 선택이었을 것이다.

여기서 한 가지.

저 특별한 표정의 주인공이 어른이었다고 상상해 보자.

그랬다면 어쩌면 저 얼굴은 짜증스러워 보이거나 신경질적으로 보이지 않았을까.

하지만 책을 쥐고 있는 주인공은 소녀다.

소녀는 책의 한 장 한 장을 넘기는 모든 순간이 경이롭거나 이상하거나 감동을 받거나 의심스러울 것이다. 소녀의 묘한 찌푸림은 성장의 징후가 아닐는지.

부디 내 아이도, 저런 표정으로 저렇게 책에 집중해 주면 좋으련만!

표정 없는
말

    그러지 않으려 했는데, 오늘도 난 가만히 멈춰 서서 당신의 발걸음을 세고 말았어요.

    하나 둘 셋 넷.

    다른 날과 마찬가지로 당신은, 현관 앞에서 걸음을 잠시 멈췄다가 네 걸음 만에 문을 열고 집을 나섭니다. 왜 당신은 꼭 현관 네 걸음 앞에서 멈추는 걸까? 이유가 궁금해서 생각하고 또 생각해 봤는데 혹시 그곳에 거울이 있기 때문 아닌가요? 집을 나서기 전 자신의 모습을 비춰 보는 일. 당신 같은 멋쟁이 신사에겐 당연한 순서일 겁니다.

    문을 여는 소리.

    위층에서 우리 집으로 내려오는 소리.

    우리 집에서 다시 아래층으로 멀어지는 소리.

    오늘도 난 당신을 소리로 배웅했습니다.

빌헬름 함메르쇠이, 〈젊은 여인의 뒤에서〉, 1904, 캔버스에 유채, 60.5×50.5 cm

하지만 창문으로 가서 당신이 멀어져 가는 모습을 보는 일은 더 이상 하지 않기로 했습니다.

당신이 처음 이사 오던 날이 기억납니다.

그날은 아침부터 아파트 전체가 요란했죠.

낡고 오래된 아파트라, 쥐가 이사를 해도 먹이 옮기는 소리가 들려올 판에, 당신의 짐이 옮겨졌으니 건물 전체가 들썩댄 건 당연했어요.

그날도 나는 혼자였습니다.

남편이 출근하고 나서 청소를 끝낸 후, 바느질을 먼저 할까 화분에 물을 먼저 줄까 궁리하고 있을 무렵, 갑자기 위층에서 아주 큰 소리가 들리기 시작했습니다.

굉장히 무거운 물건을 끄는 소리였죠. 사람들 소리도 건너왔습니다. 다 같이 힘을 쓰느라 구령을 붙이는 소리, 힘 줄 때 내는 끙 소리 등등이 이어졌죠. 대체 무슨 물건을 옮기느라 저러는 걸까 궁금해 했는데, 소리가 멈추고 잠시 후 우리 집 현관문을 두드리는 소리가 났습니다.

그럴 사람이 없는데 누구지 하며 문을 여니, 문 앞에 당신이 서 있었습니다.

그래요, 모자를 벗어 손에 들고 있는 당신이 서 있었어요.

"실례합니다. 오늘 이사 온 위층이에요."

"아 네…."

"조금 전 큰 소리 땜에 놀라셨죠? 피아노를 옮기느라 그랬습니다. 소리 안 나게 조심한다고 했는데도 그랬네요. 일하는 사람들이 요령이

없어서요."

"피아노… 치세요?"

"그냥 가끔… 취미로요. 밤에는 안 칠 테니 걱정 마시구요."

"아뇨 그런 뜻은 아닌데…."

"아무튼 실례가 많았구요…. 이제 거의 다 끝났으니 조금만 더 양해해 주세요."

"네에… 알겠어요."

"그럼 이만"

"저기 잠깐만요."

고개를 까딱하며 인사하고 돌아서는 당신을 붙잡은 건 저였어요.

"이사하느라고 힘드셨을 텐데… 물이나 뭐… 필요한 거라도…."

"아 그럼… 물 한 잔 부탁드려도 될까요? 안 그래도 목이 타서요."

당신은 내가 갖다 준 물을 아주 맛있게 마셨습니다. 그리곤 눈가에 주름이 살짝 잡힐 정도로 활짝 웃으며 돌아서는데 문득 궁금해졌죠.

저 사람 결혼은 했을까. 아내가 있다면 분명히 미인이겠지.

당신이 마셨던 컵을 들고 주방으로 들어가다가 거울에 내 모습이 보이는데 조금 서글퍼졌습니다.

아무 장식 없는 검은 옷. 가꾸지 않은 머릿결. 햇볕을 별로 쐬지 않은 푸석하게 흰 피부.

이제 난, 전혀 사랑스럽지 않습니다. 남편의 손길도 아득합니다.

촤악–

수돗물을 세게 틀고는 컵을 씻으려다 멈췄습니다.

"그 피아노… 조율해야 되지 않나?"

저녁 식사를 마치고 책을 읽고 있던 남편이 말합니다.

"통 안치더니 웬일이야."

그날 저녁 오랫동안 치지 않던 피아노 건반을 하나 살짝 눌렀더니 남편이 알은체를 한 거죠. 남편 말이 맞는 거 같습니다. 조율을 해야 할 거 같았죠.

"윗집에 이사 왔다면서? 어떤 사람들인지 봤어?"

"잘 모르겠어. 낮에 잠깐… 윗집 남자라면서 인사 오긴 했는데."

"그래?"

"이사하느라고 큰 소리 내서 미안하다고."

"그랬군."

거기까지였습니다. 남편은 다시 책으로 눈을 돌렸고 나는 잠시 피아노 의자에 앉았습니다. 피아노는 어머니의 결혼 선물입니다. 어릴 때 어머니가 치는 피아노에 맞춰 노래를 부르기도 했고, 어머니가 내 머리를 땋아 주는 동안 나는 피아노를 치며 놀기도 했죠. 아끼던 피아노를 내 주며 어머니는 그러셨어요.

"음악 소리 나는 집치고 불행한 집은 거의 없단다. 음악 소리 안 끊기게… 행복하렴."

헌데 지금 우리 집에는 음악 소리가 없습니다.

남편과 나는, 내가 치는 피아노에 맞춰 노래를 불러 줄 아이를 간절히 바랐지만, 이 집에는 여전히 우리 두 사람뿐입니다. 1년이 지나고, 5년이 지나고, 9년이 지나자 더 이상 우리 집에선 소리가 나지 않습니다. 피아노 소리도, 남편과 나의 얘기 소리도, 사람들과의 떠들썩한 웃음소리도 거의 나지 않죠. 다만 오래된 마룻바닥이 내는 삐걱 소리와 낡은 문에서 나는 끼익 소리가 전부입니다.

소리는 집 밖에 있고, 행복도 그런가 봅니다.

당신은 결혼을 하지 않았습니다. 결혼을 했다면 위층으로 올라가거나 계단을 내려오는 발소리가 항상 혼자일 리 없고, 당신이 집에서 나가고 나면 아무 소리도 들리지 않기 때문이죠.

일하러 나가는 시간이나 집에 오는 시간이 일정하지 않은 당신은 종종 친구들과 어울립니다. 당신과 당신 친구들은 술을 좋아하나 봅니다. 유쾌하게 흐트러지는 발소리를 들으면 알 수 있어요. 그런 밤이면 남편은 얼굴을 찌푸리곤 하지만 나는 왠지 떠들썩한 소리가 좋았습니다. 곁에 누군가 살고 있다는 느낌 때문에 어쩐지 안심이 됐죠.

그러던 어느 날이었습니다.

남편은 나가고 또다시 혼자 남은 그날.

점심 무렵이었을까요.

피아노가 눈에 들어왔습니다.

조율이 안 되긴 했지만 피아노 소리가 듣고 싶어졌죠.

살그머니 피아노 앞에 앉았지만 뭘 쳐야 할지 알 수가 없었습니다. 손이 기억하는 음을 따라가 보자 하는 심정으로 건반 위에 손가락을 올렸죠. 손이 기억해 낸 곡은 쇼팽의 〈이별곡〉이었습니다.

하도 오랜만에 치는 곡이라 연주가 쉽지 않았죠. 자꾸만 엉뚱한 건반을 누르기도 했고요. 게다가 조율이 안 된 건반은 제가 아는 음과 조금씩 다른 음을 냈죠. 그렇게 더듬더듬 치고 있는데, 어디선가 또 다른 피아노 소리가 들려왔습니다.

제가 치는 것과 같은 〈이별곡〉이었죠. 하지만 소리는 완전히 달랐습니다. 훨씬 능숙하고 부드러운 솜씨였죠. 어느새 연주를 멈추고, 그 피아노 소리에 빠져들었습니다. 피아노를 치는 사람도 내가 귀를 기울이고 있다는 걸 눈치챘을까요? 음악에 완전히 빠져서 치고 있다는 걸 느낄 수 있었어요. 가슴이 벅차올랐습니다. 너무나 오랜만에 좋아하는 곡을 들으니 온몸이 귀가 되어 버린 거 같았죠. 꼼짝하지 않고 듣다가 음악이 그쳤을 땐 느닷없이 눈물이 났습니다. 슬펐던 것도 아니고 아팠던 것도 아닌데 왜 눈물이 났을까요.

피아노 앞에 가만히 앉은 채 시간이 얼마나 흘렀을까.

당신의 발소리가 들렸습니다.

집 안을 가로질러 현관으로 가더니 문 여는 소리가 나고, 나무 계단을 경쾌하게 내려오는 소리가 들립니다. 난 숨도 크게 못 쉬고 그 소리 하나하나를 들었어요. 점차 다가오던 소리는 다시 아래층으로 사라져 갔고 아파트 현관문을 미는 둔한 소리가 났습니다. 내가 행여 소리라도 낼까 조심하며 재빨리 창가로 다가가니 당신의 뒷모습이 보입니다. 성큼성큼 걸어가는 모습을 보는데 작지만 또렷한 소리가 귀에 들어왔습니다. 〈이별곡〉을 부는 당신의 휘파람 소리요.

역시 당신이었군요.

그날 당신이 모퉁이를 돌아 완전히 안 보이게 되고 난 후에도, 나는 오랫동안 창가에서 당신의 남긴 발걸음을 보며 서 있었습니다.

그날 이후, 나는 당신의 소리를 들으며 살게 됐습니다.

빌헬름 함메르쇠이, 〈피아노 치는 아내가 있는 실내, 스트란드가드 30번지〉, 1901, 캔버스에 유채, 55.9×45.1 cm

집에 들어온 당신이 씻느라고 내는 물소리. 식사를 하기 위해 식탁 의자를 끄는 소리. 가끔 피아노 앞에 앉는 소리. 아침에 나갈 준비를 하며 분주하게 움직이는 소리.

언젠가 남편이 묻더군요.

"당신 요즘 어디 아파?"

"나? 아니."

"근데 왜 가끔 멍하게 서 있는 거지? 꼭 어지러워서 잠깐 서 있는 사람처럼 말야."

"…가끔 좀 그렇긴 해. 하지만 괜찮아. 신경 쓰지 마."

그 순간은 정말 어지러웠어요.

남편이 의외로 저를 꼼꼼하게 보고 있다는 사실에 놀랐기 때문입니다. 최근 우리는 서로 눈길을 주고받으며 얘기를 한 기억도 아득한데 말이죠. 남편 앞에서는 안 그런 척했지만, 잠시 후에 화장실에 가서는 크게 숨을 내쉬었습니다.

거울을 보니 얼굴이 발갛게 달아올라 있더군요. 안 그래도 푸석한 얼굴에 붉은 기가 뒤덮이니 바보 같아 보였습니다. 물을 틀어 얼굴을 씻기 시작했어요.

물로 몇 번 헹구고 얼굴을 보니 아까보다는 조금 나아 보입니다.

다시 몇 번 더 헹구고 보니, 좀 전보다 나아 보입니다.

아주 오랫동안 정성을 들여 얼굴을 씻고 나니 붉게 달아올랐던 게 가라앉고 얼굴이 촉촉해져서 어딘지 모르게 조금은 젊어 보입니다. 하도 오랜만에 그런 얼굴을 보는 게 반가워서 한참 동안 거울을 마주 보고 서 있었습니다.

오래전 봄날 친구들과 공원을 산책할 때의 얼굴.

성인식 때 입을 예쁜 드레스를 부모님께서 사다 주셨을 때의 얼굴.

남편과 첫 키스를 나눴을 때의 얼굴.

물기를 머금은 얼굴은 그때의 얼굴과 닮아 보입니다.

평소 때 나의 얼굴은 세상에서 가장 낯선 얼굴입니다. 아무런 느낌도 없는 얼굴 말예요.

그때 위층에서 물소리가 들려왔습니다. 아마 당신이겠죠. 당신을 떠올리니 다시 얼굴이 달아오릅니다. 하지만 아까처럼 멍청해 보이지 않고 뭔가 다르네요. 묘한 생기가 느껴진다고 생각하는 순간, 갑자기 밖에서 뭔가 깨지는 소리가 들립니다.

주방 바닥에 남편이 허리를 굽혀 뭔가 줍고 있습니다. 다가가니 유리컵이네요.

"물 좀 마시려다가 컵을 놓쳤어."

"내가 할게."

"아냐 내가 하면 되는데."

"나오라고 얼른."

나도 모르게 차갑게 말하고 맙니다. 제 말투에 움찔한 남편은 어리둥절한 표정으로 돌아봅니다.

"… 그래 그럼. 부탁할게. 미안."

남편이 물러서고 나자, 깨진 유리 조각을 하나하나 조심스럽게 집었습니다. 그리고는 티타올을 꺼내 유리 조각들을 감싸서 음식 재료를 보관하는 찬장 한구석에 넣어 뒀습니다. 남편이 왜 이걸 여기에 뒀냐고 묻는 일은 없길 바라면서요.

오늘 아침. 남편이 나가고 나서 평소와 다름없이 청소를 하고 집안 일을 했습니다. 별로 흐트러진 것도 없는 집이지만 구석구석 깨끗이 치웁니다. 일이 끝나고 찬장을 열어 티타월을 꺼냈습니다. 식탁에 앉아 타월 뭉친 걸 풀어 놓으니 유리 조각이 나옵니다.

깨진 유리컵. 그것은 당신을 처음 만났을 때 건넸던 거죠.

당신의 손길이 닿은 유일한 물건.

그날 난 컵을 씻지 않고 그냥 뒀습니다. 씻으면 소용없어질 거 같아서요.

어딘가에 몰래 넣어 둘까 하다가, 혹시라도 남편이 발견하면 이상하게 생각할까 봐 다른 그릇들 속에 슬쩍 넣어 뒀는데, 아무것도 모르는 남편이 컵을 쓰려고 했었나 보네요.

만약 당신이 이 사실을 알면 날 어떻게 볼까요?

겨우 딱 한 번 인사를 나눈 여자가, 자신의 입술이 닿은 컵을 갖고 있는 걸 보면 어이없어 할까요?

하긴 내가 생각해도 어이없습니다. 근데 제일 어이없는 건 내 자신입니다.

나는 아이도 없고 친구도 없습니다. 바깥에 외출하는 일도 거의 없고 남편과도 별다른 말없이 삽니다. 세상일에도 관심 없고, 나의 미래도 관심 없습니다.

난 그저 이 집에 살고 있을 뿐입니다.

왜 이렇게 된 건지 알 수 없고, 언제부터 이랬는지도 모르겠습니다.

나는 세상으로부터 어이없이 유배돼 있습니다.

함메르쇠이, 〈침실〉 1890. 캔버스에 유채. 73×58 cm

그런 내가 당신의 기분 좋은 미소에 아주 오랜만에 가슴이 뛰었습니다. 그 미소가 나를 위한 거라면 얼마나 좋을까 상상했어요. 헌데 컵이 깨지고 말았네요.

햇빛을 받아 날카롭게 빛나는 유리 조각은 제 속의 뭔가를 쓰윽 베어 버렸습니다.

그러지 않으려 했는데, 오늘도 결국 당신의 발걸음을 세고 말았네요.

현관 네 걸음 앞에서 멈추는 당신을 떠올렸어요.

하지만 난 이제 더 이상 귀를 기울이지 않으려 합니다.

당신은 낡은 마룻바닥을 쿵쿵 걸어 다니는 무심한 이웃일 뿐이라고 제게 일러줬으니까요.

함메르쇠이 실내 풍경 연작

아무런 소리도 나지 않고 고요하지만, 수많은 얘기가 담겨 있는
그림.
에드워드 호퍼의 그림이 그렇고, 빌헬름 함메르쇠이의 그림이 그
렇다.
함메르쇠이의 그림은 흑백 예술영화처럼 조용하다.
아무것도 들리지 않는데, 들려오는 얘기는 정말 많은 작품.

덴마크 작가 함메르쇠이의 대표작은 자신이 살았던 아파트 실내
풍경과 화가의 아내 이다의 뒷모습을 그린 작품들이다. 내성적이
었던 화가는 활발한 바깥 활동보다는 집에서 아내와 단둘이 생활
하며 그 모습을 캔버스에 담아냈는데, 함메르쇠이 그림의 진정한
주인공은 공간 그 자체인 듯하다.
꼼꼼한 솜씨로 붓질조차 감추고 있는 그림 속 공간은 비극을 꿀
꺽꿀꺽 감추고 일상화시켜 버린 존재로 보인다. 여기서 말하는 비
극은 세상을 깜짝 놀라게 하는 종류의 사건이 아니다.
살면서 느끼게 되는 어쩔 수 없는 외로움. 부조리한 세상을 견뎌
내야 하는 막막함. 벗어나려 해도 벗어날 수 없는 무간지옥 같은
일상이 비극의 실체이다.

〈젊은 여인의 뒤에서〉를 처음 본 순간 말문이 막혔다.

분명 그녀에게도 이름이 있을 테고, 소망이 있을 테고, 높은 웃음소리가 있을 테지만 어느샌가 모든 게 사라지고 그냥 뒷모습으로만 남은 존재.

슬프다고 어깨를 들썩이지도 않고, 사는 게 고단하다고 한숨을 쉬는 것도 아닌데 왜 그녀는 저렇게 쓸쓸해 보일까.

여자의 뒷모습은 숨어 웅크린 외로움을 흔들어 깨워 낸다.

떠들썩한 사람들 속에 살아가고 있고, SNS를 통해 쉴 새 없이 세상과 접속하고 있지만 사실은 아무도 오지 않는 가슴속 텅 빈 공간. 누군가와 공유하기 힘든 감정의 오지.

살면서 마주치는 고단함을 향한 우악스러운 격려와 응원은, 때로 폭력적이다.

연탄재 함부로 차지 말아야 하듯이◆ 어떤 외로움은 함부로 아는 척하지 말고 그대로 지나칠 일이다.

◆ 안도현 〈너에게 묻는다〉 중에서

부탁해
1450

"1450! 1450!"

사내는 얼굴이 벌게져서 문을 향해 외쳤다. 야자나무가 조악하게 프린트된 하와이안 셔츠를 입은 통통한 남자는 짜증이 잔뜩 난 표정이다. 조금만 움직여도 숨이 찬 그의 가슴팍은 쉴 새 없이 오르내리며 쉭쉭 소리를 낸다.

"1450! 뭐 하냐? 나 여기 있다구!"

사내가 다시 외치자 잠시 후 방문 앞에 흰색의 매끈한 로봇이 나타났다. 동그란 얼굴에는 푸른빛을 띠는 가는 액정이 둘려져 있고, 바퀴 달린 원통형 몸뚱이 그리고 관절이 꺾이는 기계 팔 두 개가 달려 있다.

"필요한 게 있습니까?"

사내의 짜증 따위는 아랑곳하지 않는 침착하고 매끈한 남자 목소리가 기계에서 흘러나온다.

조지 프레드릭 왓스, 〈희망〉, 1886, 캔버스에 유채, 142.2×111.8 cm

"내 CD장… 네가 정리했냐?"

"CD가 무질서하게 꽂혀 있기에, 알파벳 순서로 아티스트를 분류하고 발매 연도순으로 꽂았습니다."

"누가 너한테 그런 걸…!"

치밀어 오르는 짜증을 내뱉던 남자는 눈을 꾹 감았다 뜨며 화를 씹어 삼켰다.

"1450, 잘 들어. 정리는 내가 시키는 것만 하는 거야. 특히 CD, 책, 블루레이는 절대 건드리지 마. 알았지?"

"그럼 설정을 바꿔 주십시오. 지금 제 설정은, 집 안의 무질서하거나 더러운 건 모두 정리하는 모드로 설정돼 있습니다. 그게 기본값이거든요."

"으이그 또 그놈의 설정 타령…! 알았어, 바꿀게."

남자는 자신의 폰을 꺼내 들고, 로봇과 연동된 앱을 열었다. 열긴 했는데 어느 항목을 열어야 바꿀 수 있는 건지 막막했다.

"일단 설정에 가서… 사운드… 디스플레이… 캐릭터… 활동 범위… 진단… 전력… 아 뭘 눌러야 돼?"

남자는 한창을 끙끙대다가 겨우겨우 해당 항목을 찾아서 모드를 바꿨다.

일주일 전에 큰맘 먹고 산 가정용 로봇은 적응이 쉽지 않았다.

요리를 맡기려고 하면 즐겨 먹는 음식이 뭔지, 건강 상태는 어떤지, 알레르기를 일으키는 음식은 없는지, 주로 식사하는 시간은 언제인지, 식사량은 어느 정도 준비하는 게 좋은지 등등 수많은 걸 설정해야만 했다. 안 그래도 기계에 친숙하지 않은 사내는 예상 못한 번잡스러움에 로봇을 사들인 걸 후회했지만 열세 살 딸은 달랐다.

1450을 처음 보고 환호를 지르더니, 밤에는 자기 방에 데리고 들어가서 속닥속닥 얘기를 나누며 재밌어 했다. 딸과 로봇의 비밀 얘기는 내용이 뭔지 알 수 없었다. 로봇의 활동 내역을 스캔 하려고 해도, 딸은 일찌감치 자신과 로봇 사이의 활동 내역에 비밀번호를 걸어 버린 거다.

"나도 저놈을 잘 써먹어야 하는데.."

사내는 로봇이 정리한 CD들을 몽땅 꺼내 놓으며 중얼댔다.

"식사가 준비됐습니다."

메모를 하면서 CD를 정리하는 사내 앞에 로봇이 나타났다.

산더미 같은 CD와 씨름하느라 몰랐는데 공기 중에 음식 냄새가 한 겹 실려 있다.

"오케이. 가 볼까나~"

끄응 소리를 내며 뚱뚱한 몸을 일으킨 사내는 잠시 동작을 멈췄다. 앉았다가 일어나니 핑 도는 느낌 때문이었다.

아 제발.

사내는 어지럼증이 가라앉길 기다리며 제자리에서 눈을 잠시 감고 있다가 식당으로 향했다.

"엥? 이게 뭐야?"

식탁에는 허브만 슬쩍 뿌려서 구운 닭고기와 통밀 빵, 마늘과 올리브유로 버무린 으깬 병아리 콩, 발사믹 식초와 올리브유를 뿌린 새싹과 키노아 콩 두부 샐러드가 차려져 있었다.

"헬로우~ 난 점심 먹으러 왔는데, 누가 소가 토한 걸 갖다 놨네~?"

사내는 비아냥대는 말투로 로봇을 돌아봤다.

　"잘못 보셨습니다. 그건 소의 토사물이 아니라 최신 건강 이론에 따라 준비한 메뉴입니다."

　"이 여물 같은 건 치워 버리고 치즈 버거나 하나 해 줘."

　"치즈 버거는 권장할 만한 음식이 아닙니다. 현재 당신의 건강 정보를 보면…."

　"치이즈으 버어거어~~! 지금 당장. 설마 레시피 필요한 건 아니지?"

　"내게 깔려 있는 프로그램에선 당신의 건강 정보와 치즈 버거가 충돌합니다. 이런 충돌을 반복적으로 무시하다 보면 버그에 취약해지기 쉬운데요."

　"버그는 네 문제고, 나는 버거를 원한다고. 오케이?"

　"알겠습니다. 이 충돌에 대한 기록은 훗날을 위해 남겨 두겠습니다."

　"훗날 걱정 따윈 안 해도 돼. 지금은 오직 혀를 위한 치즈 버거가 필요하다고. 혈관에 기름기가 콸콸 넘치게 만드는 걸로."

　남자의 말을 들은 로봇은 조금의 망설임도 없이 곧바로 주방으로 달려가 음식을 시작한다.

　'… 마누라였다면 결국 치즈 버거를 만들어 주더라도 흘겨봤겠지.'

　느닷없이 비집고 들어온 아내 생각에, 사내는 세차게 머리를 흔들어 버리곤 CD를 정리하며 작성한 메모지를 들여다봤다.

　치즈 버거는 놀라운 맛이었다. 십 대 시절 친구들과 어울려 다니면서 먹던 싸구려 기름진 맛, 그 자체였다.

"1450, 너 치즈 버거를 제대로 배웠구나! 루의 식당♦ 레시피라도 알아낸 거야?"

"저는 뭘 배운 적이 없습니다. 프로그래밍 돼 있을 뿐이죠."

"그런 거치고는 이 치즈 버거 맛은 정말로… 그래, 아마 너를 프로그래밍 한 녀석은 틀림없이 나만큼 뚱뚱할 거다. 이런 맛에 빠진 사람은 절대로 날씬할 수가 없거든."

"제가 건강 식단을 권했던 건 비만 문제 때문만은 아닙니다."

"거기까지. 난 지금 이 치즈 버거 맛을 실컷 음미하고 싶거든."

"… 그건 저한테 더 이상 말을 걸지 말라는 뜻입니까?"

"빙고."

1450은 기계 팔을 얌전히 늘어뜨린 채 남자 곁에서 대기했다. 남자는 치즈 버거의 마지막 한입까지 맛있게 쑤셔 넣은 다음 만족스럽게 입가를 닦았다.

"이럴 줄 알았으면 밀크셰이크도 해 달라고 할 걸."

"치즈 버거와 밀크셰이크는 당신 건강에 정말로 치명적입니다."

"진짜 치명적인 데는 입맛이야."

로봇이 뭐라고 얘기를 하고 있었지만, 뚱뚱한 남자는 이제까지와는 다르게 날렵한 몸놀림으로 재빨리 주방을 빠져나왔다. 어차피 들어 봤자 기분 좋은 얘기는 없을 게 뻔하니까.

♦ 루의 식당 Lou's Diner. 1930년대에 등장해서 오랫동안 사랑을 받은 미국 만화 〈블론디〉에 나오는 식당. 루는 싸구려에 지저분한 음식을 내놓는 주방장이자 식당 주인이지만 남자 주인공 대그우드 범스테드와 오랜 우정을 쌓았다.

"으아악~~~~"

비명 소리에 로봇이 달려왔다.

"무슨 일이죠?"

"스캇◆ 팔이 부러졌어!"

남자는 놀란 표정으로 조심스럽게 뭔가 들고 있다. 한 손바닥에 들어올 정도로 작은 플라스틱 인형이다. 하늘색 모자와 제복을 입고 있는데 팔이 몸통에서 떨어져 있었다.

"플라스틱이 너무 오래돼서 삭았나 봐. 먼지 털어 내려고 만지는데 부러졌어!"

로봇은 인형을 내려다보고 있더니 기계 팔을 내밀었다.

"수리가 별로 어렵진 않을 거 같습니다. 주세요."

"잘못되면 절대 안 돼. 이베이에서 어렵게 구한 진짜 빈티지 피규어란 말이야."

"걱정하지 마십시오. 오래된 플라스틱을 다루는 법이 프로그래밍 돼 있습니다."

아까는 그렇게 듣기 싫던 1450의 말투가 이번엔 왠지 믿음이 갔다. 분명 아까와 똑같이 침착하고 냉랭한 음성인데 말이다.

스캇 인형의 응급수술을 로봇에게 맡기고, 환자 가족처럼 초조하게 서성이고 있는데 부드럽게 돌아가는 1450의 바퀴 소리가 들렸다.

"오 스캇! 괜찮니 스캇?"

◆ 1965년 영국에서 방영된 스톱 모션 애니메이션 썬더버드의 등장인물. 막강한 부와 과학기술을 바탕으로 우주 곳곳을 누비며 도움이 필요한 곳에 출동하는 대원들의 활약상을 그렸다.

사내는 짐짓 요란을 떨며 다가갔다. 놀랍게도 그 작은 인형의 팔이 제자리에 붙어 있었다. 아주 작은 흔적은 남았지만 그 정도 수술 후유증은 얼마든지 감수할 수 있다.

"스캇 네가 이겨 냈구나! 장하다!"

로봇에게서 조심조심 인형을 넘겨받은 남자는 인형이 있던 제자리에 올려놓았다. 무사 귀환한 대원을 자랑스럽게 바라보다 문득 1450을 향해 몸을 돌렸다.

"잘했어 1450… 내가 정리할 게 좀 많은데 네가 도와줄래? 지금 같은 비상 상황에 대비하게."

"비상 상황이라면, 부러진 플라스틱 모형 말입니까?"

"단순히 모형이 아냐. 아주 중요한 거라고."

모형이 아니라 뭔지 로봇한테 설명할 방법은 없어 보였다.

그가 어린 시절 보았던 수많은 만화영화와 만화책 그리고 온갖 슈퍼히어로물 영화에 대한 열광과 추억을 대체 무슨 수로 설명하겠는가.

단지 로봇의 냉정함과 정확함이 도움될 거란 생각에 남자는 왠지 든든해졌다.

"카아~ 이건 없어진 줄 알았는데 여기 있었네?"

남자는, 플라스틱 얼굴에 몸은 천으로 된 인형 한 쌍을 들고 반가워했다. 얼굴이 똑같이 생긴 걸로 보아, 같은 캐릭터로 만든 인형들인데, 얼굴이나 옷의 상태가 상당히 오래돼 보였다.

"혹시 이거 들어 봤어? 미스터 마구야. 나름대로 젠틀맨인데 눈이 너무 나빠서 사고를 치고 다니지. 롤스로이스 환희의 여신 엠블럼을

보고, 차 위에 새가 앉은 줄 알고 지팡이를 휘둘러서 홱 부러뜨려 버렸
다니까! 그 엠블럼 하나가 얼마짜린데… 하하하~"

남자는 인형들을 로봇에게 보여 주며 낄낄댔지만 로봇은 아무런 반
응이 없었다. 대신 가슴팍을 열고 작지만 강력한 팬을 돌려 공기를 빨
아들였다.

"뭐 하는 거야?"

"인형에서 먼지가 많이 납니다. 내장된 공기청정기를 가동합니다."

"그깟 먼지 좀 나면 어때?"

"당신 건강을 생각을 고려한다면 '그깟' 일은 없습니다."

사내는 잠시 가만히 서서 로봇을 내려다봤다.

그러더니 로봇이 가동 중인 공기청정기 앞에 인형을 내밀었다.

"이쪽 좀. 이쪽에 정말 먼지가 많다."

청정기 돌아가는 소리가 좀 더 강력하고 힘차게 울렸다.

사내가 꺼내서 분류하고 로봇이 먼지를 빨아들이거나 걸레질을 해
가면서 CD와 액션 피규어 등의 정리를 끝냈다.

"휴 이걸 언제 다 하나 싶었는데… 네 덕이다, 1450."

"또 필요한 게 있으신가요?"

"시원한 맥주 좀 갖다 줘."

"맥주는 당신에게 정말…."

"알았어. 따뜻한 카모마일 차 한 잔. 그건 오케이지?"

"잠시만 기다리십시오."

로봇은 미끄러지듯 방을 빠져나갔고 남자는 안락의자에 앉아 자신

의 수집품을 천천히 둘러봤다. 절판돼서 더 이상 나오지 않는 CD를 비닐도 뜯지 않은 온전한 채로 손에 넣었을 때의 환희, 매일매일 온라인 사이트를 뒤지며 물건 올라온 게 있나 뒤지다가 오래전 만화 캐릭터 인형을 발견했을 때의 전율, 전설처럼 듣기만 하던 영화의 블루레이를 구입해서 처음 그걸 데크에 넣을 때의 설렘 등등이 점멸등처럼 스쳐 갔다.

"차 가져왔습니다."

로봇이 쟁반에 찻잔을 받쳐 들고 왔다.

"아 땡큐. 네 것도 한 잔 가져오지?"

"저는 차를 마시지 않습니다."

"그으래? 난 네가 건전지 티백 차를 즐기는 줄 알았는데."

로봇의 액정은 푸른빛이 혼란스럽다는 듯이 깜박였다.

"검색할 거 없어. 농담이야."

남자는 천천히 한 모금 마시고 나서 얘기를 이어 갔다.

"여기 있는 CD는 아티스트 이름을 알파벳순으로 정리하거나 발매 연도 따위가 중요한 게 아냐. 좀 다른 식으로 정리돼 있지."

"어떤 식입니까?"

"예를 들면, CD장의 왼쪽 위를 보면 '비 오는 월요일 아침에 듣는 음악' '최고의 A사이드 트랙' 식으로 모아 놨고, 그 카테고리의 이름은 '하이 피델리티'야. 닉 혼비 소설 〈하이 피델리티〉에서 따왔거든. 카테고리 네임 태그에는 〈하이 피델리티〉 책이 책장 어디에 있는지도 표시해 뒀지. CD장, 책장, 피규어 장은 그 자체로 나의 보물 지도야.

이것들만 제대로 파악하면 내가 뭘 좋아했고 어떤 사람인지 단박에 알 수 있어."

"당신에 대해 누군가 알게 되길 원합니까?"

"… 우리 딸."

"따님은 원래 당신에 대해 잘 알지 않습니까?"

"아직은 어려서 잘 몰라. 그저 괴짜 아빠일 뿐이지."

"훗날엔 알게 되지 않나요?"

"넌 툭하면 '훗날'을 얘기하는데, 난 훗날은 생각하지 않아."

"왜죠?"

남자는 잠시 얘기를 멈추고 찻잔을 내려다보다가 다시 로봇을 향했다.

"얼마 전에 지하철을 탔는데 내가 탄 지하철에서 내린 아프리카계 여자를 봤어. 강렬한 울긋불긋 색깔 옷이 방금 아프리카에서 온 거 같더군. 이곳에 사는 흑인 여성과는 또 다른 분위기였거든. 여자는 커다란 여행 가방을 들고 꼬마 아이를 데리고 있었는데 어디로 나가야 할지 알 수가 없었나 봐. 어리둥절해서 두리번대다가 아이를 들어 올려 안더군. 그리곤 아주 높은 계단 앞으로 갔지. 커다란 짐에 아이까지 안고 계단을 올라가려면 애 좀 먹겠구나 생각했는데, 그 순간 여자가 뭘 했는지 알아? 갑자기 엉덩이를 씰룩대며 춤을 추더라고. 음악도 없는데 말이야. 그렇게 몇 번 춤을 추더니 여세를 몰아 계단을 올라갔지. 분명히 힘들 거 같은데 경쾌하고 즐겁게 오르더군. 인상적이었어."

"어떤 대목이 인상적인 건지 분석이 안 됩니다."

"… 우리 딸아이가 그런 자세로 살았으면 해. 힘든 계단을 올라갈 때 오히려 춤을 추는 자세 말이야."

"따님한테 춤을 배우게 하고 싶으신 건가요?"

"춤이 아니라 희망을 배우게 하고 싶어. 힘든 상황을 즐겁게 이겨 내는 희망."

"…"

"1450. 지금 너와 내가 나눈 대화는 잘 저장해 둬. 이다음에 내 딸과 너만 남게 되면 딸에게 보여 주고."

"저와 따님만 남게 되는 건 구체적으로 어떤 상황이죠?"

"내가 결국 병원에 실려 갔을 때. 아니면 의사가 우리 딸에게 나의 사망 소식을 알렸을 때. 혹은 내 장례식을 마치고 나서 우리 딸이 슬퍼할 때. 그럴 때 이 대화를 보여 줘."

"지금 당신의 얘기는 부정확한 미래를 예측해서 정보 처리가 어렵고 당신 건강에 대한 부정적인 태도라서 권장할 만하지 않습니다."

남자는 빙긋 웃었다.

"부정적인 태도가 아냐. 너한테 입력해 뒀다시피 지금 내 몸은 심각해."

"당신에게 철저한 식단 관리를 권장한 이유도 바로 그겁니다."

"철저한 식단으로 몸을 바꿀 수만 있다면 당장 마당에 나가서 잔디라도 뜯어 먹을 거야. 하지만 그럴 수 없다는 걸 알지. 나는 나의 시간을 온전히 즐기다가 가고 싶어."

"당신의 정확한 뜻을 분석해 낼 수 없습니다."

"분석은 필요 없어. 이건 부탁이야."

"부탁은 받아 본 적이 없습니다."

"아, 맞다! 깜박했는데… 아까 말한 '하이 피델리티' 카테고리에 보면, '나의 장례식에 어울리는 음악 톱 5'가 있어. 장례식 땐 그걸 들려 줘."

"그것도 부탁입니까?"

"부탁이야."

"이건 저를 제조한 회사에 리포트 하겠습니다. 저와 동일 모델의 로봇이 부탁을 받는 일은 흔치 않을 테니까요."

"그래. 그 정도는."

"그 밖에 또 부탁할 일은 없습니까?"

남자는 다시 한 번 찻잔을 내려다보며 손으로 찻잔을 쓰다듬더니 입을 열었다.

"1450… 네 이름이 뜻하는 게 뭔지 알아? 딸이 태어난 시간이야. 오후 2시 50분. 내 인생 최고의 시간이지."

"…"

"우리 딸. 그 아이를 부탁해. 엄마는 몇 년 전에 죽었고 나도 떠나면 그 아이는 혼자야. 너를 들여놓은 이유도 그 아이 때문이지. 걔 생활을 챙겨 주고 지금처럼 비밀 얘기도 나눠 줘. 그리고…."

남자는 낮은 한숨을 내쉬었다.

"그리고 나를 알게 해 줘. 책과 음악과 장난감으로 내가 어떤 사람이었는지 짐작할 수 있게. 꼭 들어줬으면 하는 부탁이야."

남자는 한동안 같은 자세로 앉아 있었고 로봇의 액정은 천천히 깜박이는 푸른색으로 빛났다.

왓스 〈희망〉

앞을 가리는 끈이 눈에 묶여 있고, 맨발에, 온기를 기대하기 힘든 허름한 옷 한 벌을 걸치고 있는 소녀. 하지만 그녀는 온몸을 기울여, 겨우 한 줄밖에 남지 않은 악기의 아름다운 음을 들으려 하고 있다. 작품 제목은 〈희망 hope〉.
특별한 설명이 필요 없는 그림이다.
그림이 주는 이미지가 워낙 선명해서 그런지, 작품은 다양하게 인용되고 영향을 끼쳤다.

전쟁을 겪은 후에 요르단은 이 그림을 우표로 발행해서 전후의 국민들에게 희망을 전하고자 했고, 영국의 노동운동 확산에도 이 그림이 역할을 해낸 것으로 전해진다.
최근 들어 작품은 다시 한 번 유명세를 탔는데, 미국 대통령 버락 오바마 때문이다. 로 스쿨 시절, 그림의 메시지를 인용한 제레미야 라이트 목사의 연설을 감명 깊게 들은 오바마는 2004년 민주당 전당대회 기조연설에서 작품을 언급해서 널리 알려졌다.
이렇듯 사회적 정치적으로 인용되고 해석되는 작품이지만, 이 그림의 미덕은 그렇게 거창한 희망만 얘기하는 건 아니라는 데 있을 것이다.
미술에 대한 지식이 있건 없건, 문화적 소양이 깊건 아니건 그림 앞에 서면 누구나 한 번쯤 저 한구석에 묻어 뒀던 희망을 생각해 보게 된다.

힘겹고 고단하고 두려운 상황 속에서도 나를 일으켜 세울 수 있는 단단한 버팀목 하나.
온기를 전해 줄 작은 불씨 하나.
당신이 자칫 잊고 지냈던 바로 그것.

○

'있어 보이는' 그림의 세계를, '구질구질한' 우리의 일상 속으로

○

고백하건대 이 책의 처음 몇 챕터를 읽는 동안에는 어쩐지 계속 낯선 이질감 같은 것이 느껴져서 조금 불편했다. 어쩌면 그건, 평범한 우리들이 그림에 대해 가지고 있는 어떤 '판타지' 때문이었는지도 모르겠다.

어떤 사람이 되고 싶냐 하면, 집에 늘 꽃을 꽂는 사람이 되고 싶다. 꽃을 산다는 건 고등어자반을 사는 것과는 다른 일이다. 꽃을 즐길 줄 아는 취향이 시들지 않았다는 거고, 적어도 꽃값 정도의 여윳돈은 있어야 한다는 뜻이니까. 다시 생각해도 괜찮다. 있어 보인다. 꽃 꽂아 둘 줄 아는 여자.
_〈꽃병 모험기〉 중에서

누군가에게는, 어쩌면 하루하루가 고되고 바쁜 대부분의 평범한 우

리들에게는, 그림을 본다는 것, 미술관과 갤러리를 즐기는 취미 생활 또한 마찬가지일지 모른다. 나는 가끔 누군가와 만나서 대화를 나누다 최근에 읽은 책 이야기를 꺼내면, 이런 반응을 접할 때가 있다. "넌 좋겠다. 책 읽을 시간도 있고." 최근에 본 전시 얘기를 꺼내는 것도 저어될 때가 있다. "그림 보러 다닐 여유도 있고, 팔자 좋네!" 내가 마치 '있어 보이는' 사치스러운 삶을 살고 있는 것처럼 비칠까 봐.

아침에 눈을 뜨면 출근하기 바쁘고, 정신없는 하루를 마치고 집에 돌아오면 쌓여 있는 집안일. 주말에도 쉴 수 없는 육아. 그나마 여유 있는 주말에는 다시 돌아올 고된 월요일을 위해 밀린 잠을 자기에도 바쁜 대부분의 우리들에겐, 그건 정말 사치일지도 모른다. 꽃을 산다는 것, 책을 본다는 것, 그림을 즐긴다는 것.

그래서 더 낯설었다. 그림은 '고등어자반'과는 달리, 우리의 일상에서 저 멀리 떨어져 있는 어떤 판타지 같은 것인데, 그 그림에서 시작된 이야기들이 이상하게 전혀 낯설지가 않은 거다. 밀레의 저 예쁜 마거리트 그림 속에는, 변변한 꽃병 하나가 없어서 시어머니가 주신 ('밀레'라는 있어 보이는 화가 이름 옆에 '시어머니'라는 단어가 도무지 어울리냐는 말이다!) 돼지감자 장아찌 병에 꽃을 꽂는 여자〈꽃병 모험기〉. 드가의 욕조에선, 느닷없이 남편에게 앉아서 소변을 보라고 잔소리를 해 대는 여자가 튀어나온다〈모든 시들어 가는 몸을 사랑해야지〉. 뭉크의 우아한 쓸쓸함 속에선, 해파리냉채 하나 함께 먹어 줄 사람이 없어 혼자 집에서 컵라면에 물을 붓고 있는 내가 보인다. 그것도

253

컵라면 국물 위로 떠오른 초라한 동결건조 파 쪼가리와 함께〈나의 외로움에, 건배〉.

이 책의 이야기들은, 그렇게 '있어 보이는' 그림의 세계를 '구질구질한' 우리의 일상 속으로 끌어내린다. 이질적이고 낯선 그림의 세계 속에서, 너무도 익숙하고 친숙한 나의 이야기들을 끌어올린다. 그래서 낯설고, 그래서 놀랍다. 낯설고 불편한데, 멈출 수는 없어 또다시 책장을 넘기고 있는 나 자신을 발견하게 되니까.

대나무 밭에 부는 바람 속에서, 결혼과 함께 누구의 아내, 누구의 며느리, 누구의 어머니로 사느라 잊어버린 나의 이름을 발견하고 시큰해지는 마음〈바람이 부르는 이름〉. 깜깜한 저수지를 거닐면서, 끔찍하지만 내일도 결국 다시 내 발로 걸어 들어가게 될, 월급과 같은 이름이 되어 버린 회사 생각을 잠시 잊는 여자〈경고: 저수지 내 출입 금지〉. 먼지 쌓인 피아노, 침묵이 내려앉은 집 안을 거닐며, 음악 소리 나는 집치고 불행한 집이 없다는 어린 시절 엄마의 말을 떠올리는 한 여인의 쓸쓸한 마음〈표정 없는 말〉.

이 하나하나의 낯선 듯 익숙한 이야기들 속에서 우리는 '나'를 발견하게 된다. 나의 구질구질하게만 보이는 일상이, 저 멀리 존재하는 판타지처럼만 보이던 '그림'의 세계에서, 실은 그리 멀리 떨어져 있지 않다는 걸 알게 되는 거다.

하지만 여전히 누군가에게는, 그림을 즐긴다는 것이, 꽃을 사고 책을 보는 행위처럼 '고등어자반'과는 달리 사치스러운 취미 생활로만 느껴질지 모른다. 그런데 이 책의 마지막 장을 덮는 순간, 나는 문득 이런 생각이 들었다.

'좀, 사치스러우면 어때?'

> "… 우리 딸아이가 그런 자세로 살았으면 해. 힘든 계단을 올라갈 때 오히려 춤을 추는 자세 말이야." _〈부탁해 1450〉 중에서

자고 일어나면 다시 시작될 우리의 고된 일상. 그 일상으로 돌아가기 전, 잠시 멈춰 서 엉덩이 씰룩대며 춤 좀 추면 안 되나? 어쩌면 그 씰룩임 덕에 우리는, 내일의 계단이 조금은 덜 힘들게 느껴질지도 모른다. 그래서 며칠 만에 시들어 버릴 꽃도 사는 거다. '아, 예쁘다.' 그 며칠이 내게 또, 다시 고된 삶으로 돌아갈 힘이 되어 주니까.

그리고 누군가에겐 이 책이, 이 책의 그림들이, 이 책의 이야기들이, 그런 힘이 되어 줄 수 있으면 좋겠다. 좀 사치스러우면 어때? 잠시 숨을 고르고, 내일의 계단을 준비할 수 있는 그런 순간이 되어 줄 수 있으면 좋겠다. 이 책이, 나에게 그랬듯이 말이다.

강세형

《나는 아직, 어른이 되려면 멀었다》, 《시간은 이야기가 된다》 저자